Leonardo Sciascia:
Candido
oder ein Traum in Sizilien

Deutsch von Heinz Riedt

Deutscher
Taschenbuch
Verlag

Von Leonardo Sciascia
sind im Deutschen Taschenbuch Verlag erschienen:
Der Tag der Eule (10731)
Tote auf Bestellung (10800)
Tote Richter reden nicht (10892)
Das Hexengericht (10964)
Sizilianische Verwandtschaft (11082)
Todo modo oder das Spiel um die Macht (11168)

Ungekürzte Ausgabe
Juli 1990
Deutscher Taschenbuch Verlag GmbH & Co. KG,
München
© 1978 Giulio Einaudi editore, Torino
Titel der italienischen Originalausgabe: ‹Candido ovvero un
sogno fatto in Sicilia›
Berechtigte Übertragung aus dem Italienischen
von Hans Riedt
© 1979 der deutschsprachigen Ausgabe:
Benziger Verlag, Zürich · Köln
ISBN 3-545-36301-5
Umschlaggestaltung: Celestino Piatti
Gesamtherstellung: C. H. Beck'sche Buchdruckerei,
Nördlingen
Printed in Germany · ISBN 3-423-11231-X

Über den Ort und die Nacht, da Candido Munafò geboren wurde; und warum man ihm den Namen Candido gab.

Candido Munafò wurde in der Nacht vom 9. zum 10. Juli 1943 in einer weiten und tiefen Höhle am Fuße eines Olivenhügels geboren. Nichts leichter als in diesem Sommer und besonders in dieser Nacht in einer Höhle oder einem Stall geboren zu werden: auf einem Sizilien, wo die siebente amerikanische Armee von General Patton, die achte britische Armee von General Montgomery, die deutsche Division «Hermann Göring» und einige verschwindend kleine, fast verschwundene italienische Regimenter gegeneinander Krieg führten. Und in jener Nacht, während der Himmel über der Insel von buntem Feuerwerk unheimlich erleuchtet und die Städte von Bomben zerrissen wurden, gingen Pattons und Montgomerys Armeen an Land. Kein übernatürlicher Hinweis lag folglich in dem Umstand, daß Candido Munafò in einer Höhle geboren wurde; auch nicht darin, daß diese Höhle im Gebiet von Serradifalco, dem Falkengebirge, lag, einem Ort, wie geschaffen, sich zum Aufflug und

Raubflug zu erheben; und noch weniger in dem Umstand, daß in jener ganzen Nacht der Himmel teils von rotglühenden, teils von weißglühenden Geschossen erhellt war und von einem weithin zu hörenden metallischen Schwirren nachhallte, als sei die nächtliche Kuppel metallen und nicht etwa die sie durchquerenden Flugzeuge, deren unsichtbare Bahn in mehr oder minder entfernten Bündeln von Explosionen endete. Vom Schicksal bestimmt – also von den Geschehnissen, die sich von jenem Abend an in Sizilien und Italien ereigneten – war jedoch der Name, den man ihm gab; und von Schicksal beladen ebenfalls. Wäre er zwölf Stunden vorher in der bis dahin noch niemals bombardierten Stadt zur Welt gekommen, hätte man ihm den Namen Bruno gegeben: den von Mussolinis Sohn, der als Flieger ums Leben gekommen und im Herzen aller Italiener noch ebenso lebendig war wie der Advokat Munafò nebst seiner Gemahlin Maria Grazia Munafò, geborene Cressi, Tochter des Generals der faschistischen Miliz Arturo Cressi, Held der Kriege in Äthiopien und Spanien und, wegen mittlerweile aufgetretenem Rheumatismus, etwas weniger des gegenwärtigen. Da er aber nach der ersten und schrecklichen Bombardierung der Stadt geboren wurde, in der seine Eltern ihren Wohnsitz hatten, wählten sie nun den Namen Candido für ihn: vom Vater unbewußt, fast surrealistisch entdeckt; von der Signora Maria Grazia aus nicht unbedingt edlen Motiven akzeptiert als einer, der dem erstgewählten Bruno so entgegenstand, daß er gar dessen Intention löschte. Wie ein weißes Blatt war dieser Name Candido: auf dem, nach ausgelöschtem Faschismus, ein neues Leben aufzuzeichnen war. Die Existenz eines Buches gleichen Namens über einen Helden, der in den Kriegen zwischen Awaren und Bulgaren, zwischen Jesuiten und dem spanischen Königreich umherirrte, war dem Advokaten Francesco Maria Munafò völlig unbekannt; ebenso wie die Existenz des François-Marie Arouet, Erschaffer dieses Helden. Und das galt auch für die Signora, die manchmal Bücher las; anders als ihr Mann, der nie welche gelesen hatte, wenn nicht aus schulischen oder beruflichen Gründen. Daß beide durchs Gymnasium und durch die Universität gekommen waren, ohne jemals von Voltaire und Candide gehört zu haben, muß nicht weiter wundernehmen: solches geschieht immer noch.

Dem Advokaten Munafò war der Name Candido schlagartig gekommen, gleich nachdem die Explosionen jener ersten und schrecklichen Bombardierung der Stadt ausgesetzt hatten, in der er wohnte. Er war in der Nähe des Bahnhofs gewesen, als es um vier Uhr nachmittags plötzlich begann. Er rannte fast, um den Zug nach Palermo nicht zu verpassen, wo er am nächsten Tag vor dem Schwurgericht die Unschuld eines Mörders zu beweisen hatte. Und befand sich plötzlich wie inmitten einer

Blütenscheibe, deren äußere Blätter durch nahezu konzentrische, furchtbare Explosionen gesetzt wurden. Er warf sich zu Boden, die Tasche mit den Prozeßakten vor die Brust gepreßt, oder wurde zu Boden geworfen. Nach zehn Minuten – so lange hatte, wie er später erfuhr, die Bombardierung gedauert – erhob er sich wieder in verstörter, angstvoller Stille: Stille, die Staub regnen ließ, dichten, nicht enden wollenden Staub. Aber zunächst war er gleichsam blind: das Weinen, die Tränen öffneten ihm dann den Blick auf diesen Staubregen. Und als später, nach einer Ewigkeit, der Staub sich zu verziehen begann, da sah er, daß es keine Straße mehr gab, keinen Bahnhof, keine Stadt. Er trat aus der Blütenscheibe hinaus, ließ sich in den riesigen Umfassungsgraben gleiten, stieg wieder mühsam aus ihm empor. Und sah sich einer grotesken Gipsfigur gegenüber: lebendig, als seien sie soeben einem lebenden Menschen grausam ausgerissen und in die Statue verpflanzt, allein die Augen. Er verbrachte eine ganze Weile am Rande des Wahnsinns, bis er an der Aktentasche, die er noch an die Brust gedrückt hielt, sich selber erkannte: in jenem Spiegel, der fast unversehrt aus einem der Häuser geschleudert worden war, die es nicht mehr gab. Und so geschah es, daß er das Wort *candido* sagte und wieder sagte und noch einmal sagte, «weiß». Und es kam ihm zum Bewußtsein, wer er war, wo er zu Hause war, was geschehen war: durch dieses Wort. Can-

dido, candido: die Weiße, von der er sich überkrustet fühlte, das Gefühl, wiedergeboren zu werden, das in ihm aufkam. Und dieses Wort stets wiederholend, riß er sich los von dieser staunenden und törichten Selbstbetrachtung in dem staubigen Spiegel: aus plötzlicher Angst, schmerzend wie eine zuvor nicht wahrgenommene Wunde, was seiner Frau, dem Kind, das dieser Tage geboren werden sollte, seinem Hause geschehen sein mochte. Nur daß er nicht mehr wußte, in welcher Richtung sich sein Haus befand: und mit Schritten, wie man sie sich bei einer Gipsfigur vorstellen kann, ging er mal hierhin, mal dorthin. Und nun waren auch Gewimmer und Hilferufe zu hören.
Er irrte einher, ohne zu wissen, in welche Richtung er sollte, bis inmitten der Trümmer eine Patrouille von Soldaten unter der Führung eines blutjungen Offiziers erschien. Die Soldaten lachten nervös, als sie sich dieser Gipsfigur gegenübersahen. Der Offizier fragte ihn, wohin er gehe und was er suche. Der Advokat nannte den Namen der Straße, in der er wohnte, sowie seinen eigenen Namen; der Offizier holte aus seiner Kartentasche einen Stadtplan, legte ihn nach den rauchenden Trümmern des Bahnhofs zurecht, wies dem Advokaten die Richtung, die er einschlagen mußte, um sein Haus zu finden; und wünschte ihm, es zu finden. «Danke», sagte der Advokat: und trat den Weg durch die Trümmer an.

Nach ein paar Stunden hatte er sein Haus wiedergefunden. Es war unversehrt bis auf alle Türen und Fenster, die offenstanden und fast aus den Angeln gerissen waren. In eine Ecke gekauert, murmelten seine Frau und das Dienstmädchen fassungslos Gebete. Auch der Advokat sagte ein paar. Dann füllten sie zwei Koffer mit Wäsche, nahmen Schmuck, Geld und Sparbücher; und begaben sich hinunter in den Menschenstrom, der aufs Land flüchtete.

Sie hatten augenblicklich Glück. Am Stadtrand stand unter Bäumen eine Kolonne von Militär-Lastwagen. Die fliehende Menge stürmte sie; dem Hauptmann, der seinen Soldaten befahl, sie wieder herunterzujagen, wurde insbesondere von den Frauen angedroht, daß man ihm die Augen ausreißen und ihn zu Hackfleisch machen werde. Der Hauptmann erwog die Situation: seine Soldaten waren nur wenige und der wildgewordenen Frauen gar viele. Er befahl loszufahren. «Wohin fahren wir?» fragten die Soldaten. «Wohin die Straße führt», antwortete der Chor der Frauen. In Anbetracht der Umstände schien dies eine vernünftige Antwort zu sein. Nachdem sie rund zwanzig Kilometer gefahren waren, tauchten jene schrecklichen zwiegeschwänzten amerikanischen Flugzeuge auf. Sie glänzten im Abendlicht, und eigentlich wäre es schön gewesen, ihnen zuzuschauen, wie sie herunterkamen, als wollten sie landen. Nur,

daß sie MG-Garben schossen. Von den stehengebliebenen Lkws aus schwärmten die Flüchtenden mit Schreckensschreien übers Land.
Als der MG-Beschuß zu Ende war und die Flugzeuge abdrehten, brannten alle Lkws lichterloh. Und es hatte drei oder vier Tote gegeben, um die sich niemand kümmerte. Hier auf dem Land, in der Höhle, die sie dann entdeckten, wurde Candido Munafò vier Stunden nach dem MG-Beschuß geboren.

Wie dem Advokaten Munafò der Zweifel kam, Candidos Vater zu sein; und über die Malheurs, die sich daraus ergaben.

Nachdem Maria Grazia Munafò, geborene Cressi, vor etwa hundert Frauen, die in der Höhle eine rührige Konfusion trieben, Candido zur Welt gebracht hatte (dieser Umstand, der einem unter den Flüchtenden befindlichen Kollegen des Advokaten Munafò die Normannin Konstanze in Erinnerung brachte, welche auf dem Platze zu Jesi den Kaiser Friedrich in einem Zelt, von gar vielen Frauen umringt, zur Welt gebracht hatte), wurde sie nach Meinung des Advokaten, ihres Mannes, *eine andere*. Nach Meinung der Freunde schöner. Nach Meinung der Freundinnen – und ihr Urteil näherte sich dem ihres Mannes – härter von Gesicht und Gefühl, erregbarer wie erregender, giftiger beim Reden und zerstreuter beim Zuhören. So daß die Signora sich vor Weihnachten schon in der Lage sah, mehr Freunde als Freundinnen zu besitzen: was recht offensichtlich für den Advokaten Munafò ein Grund zur Beunruhigung, zur Übellaunigkeit war.

Der Signora jedoch, obwohl sie sich körperlich als *eine andere* fühlte und obwohl köstlich umschwärmt von Gelüsten wie eine gebefreudige, ambrafarbene Wabe von größter Süße, kam es derzeit nicht in den Sinn, sich etwa unter jenen Freunden einen für flüchtige Lieben auszuerwählen, wie sich dies viele ihrer Freundinnen oder auch ehemaligen Freundinnen konzedierten. Für Männer interessierte sie sich aus einem denkbar einfachen Grund mehr als für Frauen: weil die Politik von den Männern gemacht wurde und weil sie jetzt Männer brauchte, die Politik machten. General Arturo Cressi, ihr Vater, betrachtete sich seit der Nacht, in der Candido auf die Welt gekommen war, als Toter und wünschte als ebensolcher betrachtet zu werden: vor und aus Angst. Seine Tochter hingegen, die ihn verehrte, war der Meinung, er betrachte sich als Toter und wolle als ebensolcher angesehen werden, weil Vaterland und Faschismus tot waren, Mussolini Gefangener der Deutschen. Also bemühte sie sich, wieder einige Lichtblicke – wie sie es nannte – in das vor Angst, sie aber glaubte vor Enttäuschung und Verbitterung erloschene Auge des Generals zu bringen (denn nur eines hatte er: bei welcher heroischen Aktion ihm das andere abhanden gekommen, wußte man nicht). Und sie ging den richtigen Weg: genau denjenigen, den der General, hätte er nicht soviel Angst gehabt, auch gegangen wäre.

Am meisten bedrängte den General die Angst, daß die Amerikaner ihn nach Nordafrika deportieren könnten: was sie mit all denen taten, die ihnen als gefährliche Faschisten gemeldet wurden. Maria Grazia fand augenblicklich den Weg, diesen möglichen Lauf der Dinge unmöglich zu machen. Und es muß gesagt werden: Candido sei Dank! Dies war das erste und einzige Mal, daß Candido seiner Familie Nutzen brachte. Da seine Mutter beschlossen hatte, ihm die Brust nicht zu geben, wie fast alle anderen Mütter zu jener Zeit, versuchte man es zunächst mit Eselsmilch, von jedermann als überaus bekömmlich und köstlich angesehen, der sie noch nie getrunken hatte. Candido verweigerte sie. Dann versuchte man es mit verdünnter Ziegenmilch: doch es kostete Mühe, sie ihn schlucken zu lassen, und hatte er sie geschluckt, konnte man ihn nicht daran hindern, sie wieder von sich zu geben. Kühe gab es keine mehr auf dem Lande. Infolgedessen sah sich Advokat Munafò gezwungen, jener vaterländischen Würde zu entraten, die er dem siegreichen Feind gegenüber zu wahren sich vorgenommen hatte: er ging zu dem amerikanischen Hauptmann, der in der Stadt über alle und alles kommandierte, und stellte ihm die Hungersituation vor Augen, derenthalben Candido sich plagte und beklagte, insbesondere des Nachts; sowie die der Signora Maria Grazia und seine eigene Situation als bekümmerte und schlaflose Eltern. Der

Hauptmann war davon gerührt: schickte ihm Trockenmilch, kondensierte Milch, halbkondensierte Milch, Zucker, Kaffee, Haferflocken, Malzgebäck und Büchsenfleisch nach Hause. Ein Gottessegen, selbst für ein Haus mit einer so wohlversorgten Vorratskammer wie das der Munafò.
Der Advokat ging einmal noch zum Hauptmann, um sich zu bedanken. Und der Hauptmann, vielleicht weil er weniger zu tun hatte, unterhielt sich dieses Mal mit ihm. Als Professor nämlich – der italienischen Literatur an einer Universität – und nicht als Hauptmann mit fast unumschränkten und zuweilen launischen Befugnissen, als der er allen Leuten in der Stadt erschien. Und er sprach von seiner Mutter, zeigte dem Advokaten ein Farbfoto von ihr. Eine Sizilianerin, seine Mutter; aus einem Dorf in der Nähe, fünfzehn Kilometer entfernt. Aber seine Mutter konnte sich nicht erinnern, in diesem Dorf Verwandte zu haben. Auf Grund des Familiennamens suchte der Advokat ihr welche zu finden: dies Dorf kannte er gut. So unterhielten sie sich einige Stunden auf angenehme Weise. Wieder zu Hause, verkündete der Advokat seiner Frau quasi als Epigraph zum Bericht über seine Unterhaltung mit dem Hauptmann die profunde Wahrheit, die sich ihm während ebendieser Unterhaltung geoffenbart hatte. «Die Welt ist in der Tat klein», sagte er. Der nämlichen Ansicht waren gewiß nicht die Soldaten, die in diesem Augenblick

Tausende von Meilen von ihrem Dorf entfernt umkamen; die Signora Munafò jedoch teilte sie augenblicklich. Und wollte die Welt noch um ein weiteres verkleinern, indem sie den Hauptmann John H. Dykes zum Essen einlud. Das H. stand für Hamlet: eine Enthüllung, die Maria Grazia so entzückte, daß sie den Hauptmann, als zwischen ihnen hinreichende Vertraulichkeit gegeben, schlicht Amleto nannte. Was dem Hautpmann besonders gefiel, weil – wie er sagte – seine Mutter ihn auch so zu nennen pflegte.
Noch bevor Hauptmann John H. Dykes im Hause Munafò zu Amleto wurde, war der General wieder ins Leben zurückgekehrt. Um präzise zu sein: als der Hauptmann zum zweiten Mal ins Haus seiner Tochter essen ging. Beim dritten Mal war auch der General anwesend. Des Generals faschistische Vergangenheit, die dem Hauptmann nicht vorenthalten wurde, machte sogar einen guten Eindruck auf ihn. Hatte ihm doch seine Mutter stets gesagt, daß die Auslandsitaliener dank des Faschismus ein wenig in der allgemeinen Achtung gestiegen waren.
Nachdem der Alpdruck der Deportation geschwunden war, ging Maria Grazia ans Werk, ihren Vater in die politische Szene zu bringen, die sich trotz diesbezüglichen amerikanischen Verbots zu regen begann. Der General hatte eine gewisse Zuneigung zu den Kommunisten, da er sich einer Maxime erinnerte, die ihm Mussolini um das

Jahr 1930 vertraulich mitgeteilt hatte. «Lieber Arturo», hatte ihm der Duce gesagt: und der General zitierte die Maxime, indem er das «Lieber Arturo» mit unendlicher Gewogenheit belud, «Lieber Arturo, wenn der Faschismus zusammenbricht, dann bleibt nur noch der Kommunismus.» Schließlich befand sich unter den häufigen Gästen des Hauses Munafò auch der Advokat Paolo di Sales, Baron, des Generals Adjutant im Spanienkrieg, der über diesen Krieg ein Buch geschrieben hatte *(Die Blume der Carmen und das Liktorenbündel)*; es hieß, er sei jetzt in pectore Sekretär der örtlichen Kommunistischen Partei. Doch Maria Grazia ließ es nicht zu, daß man, mit Amleto im Hause, Sympathie für die Kommunistische Partei äußerte. Entweder die Christdemokraten oder die Liberalen: für den General gehörte und schickte es sich, zwischen diesen beiden seine Wahl zu treffen. Der General überwand seine Abneigung vor den Pfarrern dadurch, daß er sich daran erinnerte, in Spanien für Christi Lehre gekämpft zu haben: und entschied sich für die Christdemokraten.
Währenddem Maria Grazia die neue politische Fortune ihres Vaters aufbaute, wuchs Candido dank der Milch und anderer wundertätiger amerikanischer Nahrungsmittel rosig und blond heran, obschon er in seinen ersten Lebenstagen dunkelhaarig geschienen hatte. Er wurde John H. Dykes – also Amleto, den Advokat Munafò mit störrischer

Beharrlichkeit jedoch weiterhin Dschonn nannte, immer ähnlicher. Diese immer auffälliger werdende Ähnlichkeit sowie die Vertrautheit, das Einvernehmen, die sich zwischen Maria Grazia und Amleto eingestellt hatten, verdrossen den Advokaten Munafò so sehr, daß ein Gedanke, den man kaum Gedanke nennen konnte, ein Verdacht, den man kaum Verdacht nennen konnte, ein Gefühl, das man kaum Gefühl nennen konnte, wie ein dunkles Geschwür in ihm zu wachsen begann. In den Augenblicken, da er es aus der Nähe betrachtete, um es zu entziffern, lachte er sich selber aus, verspottete sich, nannte sich einen Verrückten. Doch das Geschwür war da und wuchs: daß John H. Dykes Candidos Vater sei oder daß jedenfalls er, Francesco Maria Munafò, Candidos Vater nicht sei. Ein reiner Wahnsinn: und nicht nur deshalb, weil in dem Augenblick, als Candido gezeugt wurde, der Professor John H. Dykes sich im College von Helena in Montana befand; sondern auch und vor allem deshalb, weil Maria Grazia niemals mit einem anderen als dem Advokaten, ihrem eigenen Manne, in Liebe (nur ein Wort, wie wir später noch sehen werden) vereint gewesen.

Daraus erwuchsen fortwährende Streitereien, die der Advokat, der nicht einmal sich selbst den dunklen Beweggrund eingestehen wollte, aus geradezu nichtigen Vorwänden herbeiführte. Und obwohl der Schein stets gewahrt wurde – vor Amleto, den anderen Freunden und dem General –, gab es doch im Hause Munafò keinen Frieden mehr. Maria Grazia nannte ihren Mann «Flegel» und «mafioso», womit sie nicht nur auf die nicht allzu entfernte bäuerliche Abstammung, sondern ebenso auf seine nicht unbedingt lupenreine berufliche Tätigkeit anspielte; der Advokat konterte mit dem Ausdruck «Circe»: und es kostete ihn jedesmal einen Willensakt, eine krampfhafte Nervenbeherrschung, das Wort «Circe» an Stelle des Wortes «Hure» zu gebrauchen, das in ihm hochkam.

Über Amletos Weggang und Wiederkehr; und was dem Advokaten Munafò verdientermaßen und Candido unverdientermaßen widerfuhr.

Gleich nach dem Weihnachtsfest, das im Hause Munafò durch einen Beitrag aus der amerikanischen Militärverpflegung besonders aufwendig an Speisen und Spirituosen geriet, mußte John H. Dykes abreisen.

Mit Amletos Weggang kam über den Advokaten eine relative Ruhe. Es erregte ihn lediglich, Candido anzusehen, der Amleto immer ähnlicher wurde; und einmal, als Maria Grazia in einem Augenblick, da sie mit ihrem Mann Frieden und nicht Krieg wünschte, ganz unschuldig sagte: «Siehst du denn nicht, wie ähnlich er Amleto ist?» fühlte der Advokat, wie ihn die Fittiche des Wahnsinns hochrissen, das heißt, ihn mit Ungestüm einen Zipfel des Tischtuchs hoch- und an sich reißen ließen, auf welchem Teller, Gläser und Bestecke fürs Essen gedeckt waren. Dieser plötzliche Wutanfall, das Getöse, das Zerstörungswerk am Boden: aus Geschirr, Wein und Soßen, versetzten Maria Grazia einen Augenblick in stumme Panik. Ihr folgte ein

Strom von Worten und Tränen. Der Advokat, der den Grund zu dieser seiner Tat weder erklären konnte noch wollte und sich andererseits, wiederum dunkel, im Recht fühlte, sie begangen zu haben, und folglich ebenso im Recht, eine Entschuldigung zu unterlassen, floh für zwei Tage aufs Land. Als er wiederkehrte, war seine Frau sozusagen in Schweigen gepanzert. Aufsässig und aufgebracht gegen den Advokaten war andererseits das Dienstmädchen: stets treue Verbündete der Signora.

Das undurchdringliche Schweigen war auf die Tatsache zurückzuführen, daß Maria Grazia einen Entschluß gefaßt hatte: den Mann zu verlassen, den sie, was ihr jetzt bewußt wurde und rechtens erschien, nie geliebt hatte und der ihr darüber hinaus auch noch als Opfer eines Wahnsinns vorkam, den zu verbergen ihm bislang gelungen war und den zu äußern er jetzt ohne jede Zurückhaltung genoß. Er quälte sie. Und er genoß es.

Maria Grazia war vierundzwanzig und hatte ein großes Verlangen, geliebt zu werden, zu lieben, sich zu vergnügen und die Welt zu sehen. Sie erforschte sich hinsichtlich ihrer Liebe zu Candido: und entdeckte davon keine Spur, trotz aller Ähnlichkeit mit Amleto. Ihr Kind zu verlassen, das würde ihr keiner ihrer Freunde und Bekannten verzeihen: doch fand sie ausreichende Gründe, es sich selber zu verzeihen. Der Tag, an dem Candido geboren war, und wie er geboren war, dieses Trauma wirkte unterschwellig dahingehend, ihr den Verzicht nicht dramatisch, die Trennung nicht schmerzlich erscheinen zu lassen. Eher schon mußte man sich wegen des Generals Gedanken machen: damit das, was im Gesetz als «Verlassen der ehelichen Gemeinschaft» bezeichnet wird, der Fortune nicht schadete, die der General offenbar in der katholischen Partei zu erlangen im Begriffe stand. Man mußte die Dinge eben richtig anpakken: mit Verstand, indem man sich der katholischen Partei, der Pfarrer, der Kirche bediente. Hätte es in Italien eine Scheidung gegeben, so hätte Maria Grazia es trotzdem vorgezogen, sich mittels eines Prozesses der «Sacra Rota», wie lange und demütigend auch immer er sein mochte, von ihrem Manne zu befreien. Demütigend wegen alledem, was sie, Lüge oder Wahrheit, über ihren Körper sagen oder sagen lassen mußte. Und im vorliegenden Falle (eine von Fachadvokaten und in der Materie bestens bewanderten Prälaten ausgewählte Verfahrensweise) sollte sie, sobald ihr Mann sie berührte, erstarren und sogleich in Ohnmacht fallen: so daß der Mann wie an einer Toten seine Lust ausließe, wenn sie ihm nicht schon bei der ersten Annäherung verginge und er schlapp würde. Was sich anschickte, volle Wahrheit zu werden; von Munafòs Seite als objektiver Ausdruck jener Verzweiflung, die sich verrückterweise in ihm festge-

setzt hatte und nun nicht mehr abstrakt, sondern auf dem Boden eines Tatbestandes wuchs und ihn in blinde Wut versetzte. Er hielt sich fast immer auf dem Lande auf, der Herr Advokat; und Maria Grazia, die jetzt mehr Freiheit genoß, strickte bei Advokaten und Prälaten und stets in Begleitung des Generals am Prozeß zur Annullierung ihrer Ehe.
Während des Advokaten Abwesenheit bekam Amleto Urlaub und kehrte für zwei Wochen zurück. Er kam wie ein Ehemann, wie ein wahrer Ehemann, wie der wahre Ehemann. Obwohl es zwischen ihnen keinerlei Kontakt, der über einen Händedruck (beim Abschied ein längerer, mit klopfendem Herzen), und keinerlei Einvernehmen gegeben hatte, die über die bisweilen zärtlich-fröhlichen, bisweilen melancholisch-vertrauten Blicke hinausgegangen wären, umarmten sie sich, als Amleto seinen Fuß wieder in das Haus Munafò setzte, küßten sich auf beide Wangen und anschließend, nach kurzem, Erleuchtung bringendem Zögern, lange auf den Mund. Wie in einem Film, dachte später Maria Grazia: in einem amerikanischen Film. Und alles begab sich so einfach und natürlich, daß für sie das Auskleiden, Zubettgehen, Lieben ganz in der Ordnung der Dinge, in der Ordnung des Existierens, des Lebendigseins war. Und solcherart erfuhr Maria Grazia zum ersten Mal, was Liebe ist. Zur großen Freude auch des Dienstmädchens, wenngleich einer anderen als bei der Si-

gnora: für das Dienstmädchen – Concetta mit Namen – bestand die Freude vorwiegend darin, daß sie nun endlich und konkret den Advokaten Munafò, zumindest unausgesprochen, wann auch immer *den Gehörnten* heißen konnte.

Im Nebenzimmer verfolgte Candido den an die Decke gemalten Flug von Putten und Rosen. Diese Decke war sein Universum. Er war ein sehr stilles Kind.

Über die Einsamkeit des Advokaten Munafò; und diejenige Candidos.

Der Prozeß zur Annullierung der Ehe dauerte lange, wie ja vorauszusehen gewesen. Sein Ausgang stand fest: daß die Annullierung ausgesprochen würde; doch die Zeit, um eine so heikle und delikate Materie einer peinlich genauen Prüfung zu unterziehen, mußte notwendigerweise von langer Dauer sein. Advokat Munafò erhob keine Einwände: denn wahr und wahrhaftig, Maria Grazia hatte ihn niemals geliebt (und so ganz und gar nicht, aber das dachte er nur, ohne es zu sagen, daß sie einen Jungen zur Welt gebracht hatte, der dem Manne, den sie später treffen und lieben würde, ähnlich sah), wahr und wahrhaftig, sie erstarrte bei seinen Liebkosungen, ihre Augen wurden gläsern, alles Leben wich aus ihr. Also nahm der Prozeß seinen geraden Fortgang in seiner unvermeidlichen Länge.

Maria Grazia indessen war zunächst zu ihrem Vater, sodann in eine andere Stadt gezogen, wo sie, wie es hieß, in einem Kloster Kost und Logis erhielt. In Wahrheit wechselte sie von einer Stadt in die andere: Amletos Versetzungen folgend; doch in aller Heimlichkeit, um den Ausgang des Prozesses nicht in Frage zu stellen sowie aus Rücksicht auf denjenigen, der vor dem Gesetz noch ihr Mann war. Eine Rücksicht, die ihm auch wegen seines Benehmens der «Sacra Rota» gegenüber gebührte: korrekt und loyal. Inzwischen konnte auch er es kaum noch erwarten, dieser Bindung ledig zu sein: doch hatte er nicht etwa die Absicht, sich wieder zu verheiraten, im Gegenteil, er war von einer Art Weiberhaß befallen. Ihm schwebte das Alleinsein vor, ein Alleinsein, schließlich verbrieft durch den Spruch eines kirchlichen Gerichts, der durch ein staatliches italienisches Gericht Rechtswirksamkeit erlangte (das in seinem Berufe stets so beliebte Wort «Rechtswirksamkeit» bekam für ihn nun einen Anstrich von Freiheit). Es gab nur eine einzige Komplikation: sie rührte von Candido. Beide, Mann und Frau, hielten sich und desgleichen die Gesellschaft, in der sie lebten, Verwandte, Freunde, Pfarrer und Advokaten, zu einer erbärmlichen Heuchelei verpflichtet: sie mußten voreinander so tun, als wollte ein jeder ihn haben und als sei keiner der beiden bereit, ihn dem andern zu überlassen.

Hätte es da einen König Salomo gegeben, die Entscheidung zu fällen, ob Candido seinem Vater oder seiner Mutter anzuvertrauen gewesen, man hätte das arme Kind womöglich halbiert: eine solche

Hartnäckigkeit legten Vater und Mutter an den Tag, ihn für sich in Anspruch zu nehmen. Zum Glück für Candido schrieb man im Augenblick der Entscheidung den November 1945; und ein gutmütiger Richter des Königreichs Italien, Advokaten, Priester, die Gesamtheit der Verwandten und Freunde waren mit der Angelegenheit befaßt. Und schließlich war die so schwer zu treffende Entscheidung bereits in dem Augenblick getroffen worden, da Maria Grazia das Räderwerk des Prozesses in Gang gebracht hatte: Candido mußte bei seinem Vater bleiben, und dies hauptsächlich aus dem Grund – von allen als Grund anerkannt, auch von den Frauen –, daß einer Frau, die es gewagt hatte, sich nicht damit zu bescheiden, bis an ihr Lebensende bei einem Mann zu bleiben, den sie nicht liebte und der sie nicht liebte, eine angemessene Bestrafung gebührte. Gab es denn eine bessere als diese: ihr für immer das Kind zu nehmen? Daß aber in Wirklichkeit die Dinge ganz anders lagen – eine Strafe für den Mann, daß er Candido behielt, eine Freiheit mehr für Maria Grazia, daß sie ihn nicht behielt – war unwichtig: wichtig war nur, einer Regel Genüge zu tun und die Dehors zu wahren. Advokat Munafò zeigte sich, konform mit Regel und Dehors, nachträgerisch froh und befriedigt, den Sieg davongetragen und Candido behalten zu haben; und Maria Grazia ob der Niederlage schmerzlich niedergeschlagen. Doch der wahrhaft

Besiegte war der Advokat: verpflichtet, den Sohn zu behalten, den er nicht liebte, den als Sohn zu empfinden er nicht fertigbrachte, den er in seiner stillen, nicht einzugestehenden Wut keineswegs Candido, sondern *den Amerikaner* nannte.

Immer rosiger, immer blonder, ruhiger und lächelnder spürte Candido nicht den geringsten Stich aus dem Dornennest, in dem er lag. Es schien, als könne er auf Mutter und Vater glückselig verzichten. Nicht verzichten konnte er, ob vitalster und dringendster Bedürfnisse, auf Concetta, weiterhin zuständig für die mütterliche Liebe und die Verachtung gegenüber dem Advokaten Munafò; doch selbst Concetta gab er keine Anhänglichkeit zu erkennen, die über den Nutzen von Essen, Trinken und anderen Erfordernissen sowie über den Spaß des Versteckspiels hinausging, das Concetta bisweilen mit ihm trieb. Ein Spiel, es muß gesagt werden, das Candido nicht länger als zehn Minuten Spaß machte; dann hatte er es satt und kehrte zu seinen eigenen Spielen zurück: den einsamen und geheimen. Und die waren etwa – wir können hier nur eine Definition durch Annäherung versuchen – wie Kreuzworträtsel, die er mit Dingen zu betreiben wußte. Wie die Erwachsenen sich mit Kreuzworträtseln befassen, so befaßte Candido sich mit Kreuzdingrätseln. Worte hatten zwar auch etwas damit zu tun und fast immer die erste oder letzte Wortsilbe: doch waren es vor allem Dinge, ihr

Platz, ihre Verwendung, ihre Konturen, ihre Farbe, ihr Gewicht, ihre Beschaffenheit, die das Spiel vorantrieben, ihm also die vergnügsame Schwierigkeit, das vergnügsame Risiko des Spiels verschafften.
Concettas größtes Lob, das sie Candido zu erteilen pflegte, lautete: «Er ist ein Kind, das bleibt, wo man es hintut.» Er konnte bei anderen Kindern bleiben, vorausgesetzt, sie waren nicht gewalttätig, und er konnte stundenlang allein, ohne sich von der Stelle zu rühren, dort bleiben, wo Concetta ihn abgesetzt hatte. Er war von einer angeborenen Freundlichkeit; freilich, sofern man dies über ein Kind sagen kann, von einer sehr formellen. Um es kurz zu machen, er genügte sich selbst. Concetta – selbst ein äußerst nervöser Mensch – nannte ihn ein Kind, das einem nicht auf die Nerven fiel. «Kaum zu glauben», sagte sie, «daß er in dieser Höllennacht auf die Welt gekommen ist.» Doch sie dachte auch, daß ihn diese Höllennacht, wenn nicht gerade dumm, so doch ein wenig begriffsstutzig, ein wenig umnebelt hatte zur Welt kommen lassen. Und dachte sie das gerade, so liebte sie ihn nur um so mehr, nannte ihn *meine Herzensfreude, mein Jesuskind, mein Söhnchen*. Candido quittierte diese Herzensergüsse mit einem freundlichen Lächeln, welches nachsichtig wurde, sobald Concetta ihn überschwenglich abküßte. Er mochte es nicht, abgeküßt zu werden; aber er tolerierte es. Er tole-

rierte auch die Küsse des Generals, seines Großvaters, die ihm einigermaßen lästig waren wegen des Spitzbarts, den der General trug: das einzig Unveränderte an dem zum Christdemokraten, Republikaner und selbstverständlich Antifaschisten gewordenen Helden der faschistischen Kriege.
Wenn all das viele Tun, das der General mit der Politik hatte, ihm Zeit dazu ließ, besuchte er Candido oder ließ ihn sich von Concetta bringen. Trotz des Sesamgebäcks und der Rosinen, die Candido gern entgegennahm, langweilte er sich sehr im Hause des Großvaters. Und seit dem Tag schließlich, da der General unter den vielen Gewehren, die bei ihm hingen, eines ausgesucht und Candido im Garten gezeigt hatte, wie man es lädt und schießt, sprach er jedesmal ein festes «Nein», wenn Concetta verkündete: «Jetzt gehen wir zu deinem Großvater, dem General»; und bestand Concetta darauf, kamen ihm die Tränen in die Augen. Was ausreichend war, sie zum Nachgeben zu bewegen. «Nein, mein Liebling, wir gehen nicht hin; wenn du nicht hingehen willst, gehen wir nicht hin.» Und sie fragte sich selber: «Was hat ihm denn der abscheuliche Alte getan?» Denn sie hielt jede Abscheu Candidos, und war sie noch so grundlos oder unbegreiflich, unbedingt für richtig und machte sie sich zu eigen.
Als Concetta vom General einmal Vorwürfe zu hören bekam, weil er jetzt Candidos Besuche vermiß-

te, mußte sie ihm sagen, daß die Entscheidung von Candido ausging und unumstößlich war. «Aber warum denn?» fragte der General. «Was weiß ich? Das müßten doch Sie wissen», antwortete Concetta. Diese Antwort brachte den General in Harnisch, doch als er sich wieder beruhigt hatte, erinnerte er sich, daß er Candido beim letztenmal, als er ihm gebracht worden war, gezeigt hatte und hatte hören lassen, wie ein Gewehr schießt, und sprach das verächtliche Urteil über ihn: «Er ist ein Hasenfuß.»

Wie Candido fast den Status eines Vollwaisen erreichte; und wie er in die Gefahr kam, nach Helena in Montana überzusiedeln.

Als Candido fünf Jahre alt war, wußte er fast alles über den Advokaten Munafò; und der Advokat nichts über Candido, noch war ihm daran gelegen, etwas über ihn zu wissen. An Nahrung, Sauberkeit und Spielzeug hatte das Kind keinen Mangel. Was konnte man auch anderes von einem Vater verlangen, der aus einer, wenngleich nicht heilig und würdevoll erduldeten Vermeintlichkeit heraus dem Joseph, Sohn des Jakob, zu gleichen begann, dessen Frau kraft des Heiligen Geistes empfangen hatte, wie Maria Grazia kraft des amerikanischen Geistes? Candido zu tadeln, hatte es nie den geringsten Anlaß gegeben; hätte es ihn nur gegeben, dachte der Advokat bisweilen finsteren Sinnes. Ihn zur Nahrungsaufnahme zu bewegen ebenfalls nicht: das Kind aß stets mit gutem Appetit und war sogar mit Maßen gierig. Ihm irgendein gefährliches Spiel zu untersagen, hatte sich nie die Gelegenheit geboten: Candido liebte derlei nicht. Ihn zum Schlafen zu zwingen in den Stunden, da er zu schlafen hatte:

der Fall war niemals eingetreten, daß er sich zu festgesetzter Stunde geweigert und protestiert hätte; sobald sein Kopf auf dem Kissen lag, schlief er «wie ein Engel», sagte Concetta.

Also, Candido wußte fast alles über seinen Vater; nämlich, die Gedanken ausgenommen, alles über Beruf, Einkünfte aus Beruf und Ländereien, sein Verhältnis zu den Mandanten, Kollegen, Richtern, Pächtern, Taglöhnern. Er wußte es auf die gleiche Weise, wie die Abhörgeräte des Präsidenten Nixon alles wußten, was Präsident Nixon gesagt hatte. Nur daß Nixon von den Abhörgeräten wußte, Advokat Munafò aber nichts von dem zuhörenden Candido: was, bezogen auf die Katastrophe, der sie beide entgegengingen, den Unterschied in der Bewertung erbringt, daß Munafò nicht so einfältig wie Nixon war.

Candido hatte sich angewöhnt, in das Arbeitszimmer seines Vaters zu schleichen: jeden Nachmittag zur Stunde der Vesper, wenn in diesem mit schweren dunklen Möbeln, schweren Ledersesseln, schweren damastenen Vorhängen ausgestatteten Zimmer das sonst überall im Haus gleißende Licht etwas Weiches, Gedämpftes, Schläfriges bekam. Candido kroch hinter ein großes Sofa, legte sich dort der Länge nach auf einen dicken Teppich, der fast den ganzen Fußboden bedeckte, und erforschte unausgesetzt die Deckenmalereien; und wenn er so die eine und die andere der dahinfliegenden nackten Frauen bestaunte, geschah es ihm bisweilen, daß der Schlaf sich über ihn legte wie einer jener zartblauen, von den Frauen oder vom Winde bewegten Schleier, daß er also selig einschlief. Die Zimmerdecken waren seine Lesebücher: von den Putten und Rosen war er bereits zu den nackten Frauen und Schleiern gelangt.

Geschah es ihm also, daß er in der Schwerelosigkeit und Süße eines Schleiers einschlief, den ihm von dort oben eine der Frauen, fast immer die von ihm bevorzugte, liebevoll überlassen hatte, so erwachte er in dem Augenblick, da sein Vater hereinkam, die Fenster öffnete und sich an den Schreibtisch setzte. Doch er verharrte regungslos und stumm an seinem Platz und wartete, bis die ersten Klienten eintrafen. Langweilte er sich dann, schlich er, abgeschirmt durch die Möbel vor dem Blick seines Vaters, bäuchlings hinaus durch die eine der drei Türen des Arbeitszimmers, die, von schweren Vorhängen verdeckt, im Gegensatz zu den anderen, keiner jemals zum Hereinkommen oder Hinausgehen benutzte. Daß er sich langweilte, widerfuhr ihm freilich selten: er hatte Gefallen an dieser Art unsichtbarem Theater, dem Dialog, dem unterschiedlichen Volumen und Klang der Stimmen, dem dramatischen oder flehenden oder überzeugenden Ton, den sie annahmen, dem Sizilianisch der Bauern, dem Italienisch seines Vaters. Es versteht sich von selbst, daß in diesem versteckten

Lauschen von Arg keine Spur war: sein stummes Verharren und sein Davonschleichen waren nur die Regeln eines Spiels, das er mit sich selber trieb.
Dieses Spiel von ästhetischer oder, eine Stufe tiefer, von sinnlicher Natur weckte bei Candido selten ein Interesse für die Fakten, die hier ausgebreitet wurden; auch weil die Fakten schlecht und unzusammenhängend ausgebreitet wurden; und selbst wenn sie von den Protagonisten oder deren Verwandten hervorragend ausgebreitet, selbst wenn sie von seinem Vater in aller Klarheit resümiert wurden, blieben sie doch für Candido völlig undurchsichtig: zum Glück für den Advokaten Munafò und seine Klienten. Doch ein Glück, das nicht von Dauer sein konnte; wie es in der Tat nicht von Dauer war.
Eines Nachmittags traf es sich, daß Candido das Geständnis über einen Mord erlauschte. Von diesem Mord hatte er Concetta schon erzählen hören: mit Schrecken, mit Abscheu. Dann hatte er seine Gefährten im Kindergarten, insbesondere den Sohn des Carabinieri-Oberleutnants davon reden hören, der ganz stolz darauf war, daß sein Vater den Mörder dingfest gemacht hatte. Nun aber erfuhr er an jenem Nachmittag im Arbeitszimmer seines Vaters, daß der Oberleutnant gar nicht den Mörder verhaftet hatte, sondern jemanden, der wohl seine Gründe gehabt hätte, den Ermordeten zu ermorden, wenngleich nicht so schwerwiegende – doch verdeckte, geheime – wie derjenige, der ihn

tatsächlich ermordet hatte. Candido besaß keine klare Vorstellung von Mord, Sterben und Tod. Oder besser: er hatte dieselbe Vorstellung wie Concetta, so etwas wie eine Reise, so etwas wie ein Wechsel von einem Ort zum andern. Das Geständnis, das dieser Mann seinem Vater machte, um einen Rat zu erhalten, wie er sich verhalten sollte, falls des Unschuldigen Unschuld sich herausstellen und der Verdacht der Carabinieri auf ihn fallen würde, beeindruckte Candido insofern, als er sich ausmalte, welche Wirkung eine derartige Enthüllung auf den Sohn des Oberleutnants haben könnte. Er prägte sich also diese Unterredung und den Namen des Mörders gut ein. Und am nächsten Tag verkündete er all dies prompt seinen Kameraden im Kindergarten: um auch dem Sohn des Oberleutnants zu bedeuten, daß sein Vater sich getäuscht hatte. Was dann der Sohn des Oberleutnants ebenso prompt seinem Vater vorhielt: er blamiere ihn vor seinen Kameraden, verhafte Unschuldige und nicht Schuldige.
Es gab eine Katastrophe. Die Carabinieri erschienen zuhauf im Kindergarten, ließen sich in Gegenwart der Vorsteherin und einiger Lehrerinnen alles von Candido erzählen, und Candido erzählte voller Freude, sich inmitten so vieler Carabinieri zu befinden, die ihm aufmerksam zuhörten, alles haargenau, was er im Arbeitszimmer seines Vaters vernommen.

Als er vom Kindergarten nach Hause kam, fand er wie gewohnt Concetta, die auf ihn wartete; doch sah sie häßlicher aus als sonst, wegen der vergossenen und jetzt nur mit Mühe zurückgehaltenen Tränen. Sie sagte ihm, sein Vater habe eine Reise, eine sehr lange Reise angetreten. Diese Mitteilung wäre von Candido mit der üblichen Gleichgültigkeit aufgenommen worden – sein Vater fuhr ja immer aufs Land, nach Palermo, nach Rom –, hätte Concetta nicht dieses verweinte Gesicht gehabt und einen Satz hinzugefügt, der Candido sinnlos und zugleich entsetzlich klang. «Die Zunge», sagte Concetta, «müßte ich dir abschneiden.»

Über die Abreise seines Vaters konnte er später einige, wenn auch konfuse Einzelheiten in Erfahrung bringen. Anscheinend (genaues erfuhr er nie, wollte es auch gar nicht erfahren) war Advokat Munafò nach dem Weggang der Carabinieri augenblicklich von der Leiterin des Kindergartens darüber in Kenntnis gesetzt worden, was Candido diesen erzählt hatte: und der Advokat, der sich als Schiffbrüchiger sah, gescheitert in seinem Beruf ebenso wie an den menschlichen Verhaltensregeln, nach denen er bislang gelebt, hatte seinem Leben ein Ende gemacht. Und hatte versucht, bei seinem Hinscheiden die Regeln wiederherzustellen, die ihm Candido unwissentlich gebrochen: er schrieb, daß er sich das Leben nehme, weil er müde sei, vielleicht krebs- oder nervenkrank. Eine noble Lüge, die aller-

dings seinen Klienten, dessen Geständnis Candido ausgeplaudert hatte, nicht vor einer Verurteilung zu siebenundzwanzig Jahren bewahren konnte.
Nun, an jenem Tag wurde Candido von Concetta in das Haus des Generals verbracht. Dort blieb das Kind bis zum Eintreffen seiner Mutter; ein Eintreffen, das für Candido einen Monat voller Bedrängnisse mit sich brachte, war doch seine Mutter in der Meinung gekommen, es sei ihre Pflicht, das Kind jetzt zu sich nach Helena zu nehmen, wo sie als Frau John H. Dykes lebte.
Candido fand Gefallen an dieser Frau, also an seiner Mutter. Sie schien ihm derjenigen von den Nackten an der Decke zu gleichen, der er den Vorzug gab. Und wenn sie ihn in ihre Arme schloß und an sich drückte, wäre es ihm lieb gewesen (Stendhal!), es hätte keine Kleidung zwischen ihr und ihm gegeben. Doch nach Amerika mit ihr zu gehen, war etwas ganz anderes. Er wollte bei Concetta und in dem Haus mit den schönen bemalten Decken bleiben. Sein Weinen und seine verzweifelte Flucht (man fand ihn, wie er ausgehungert und abgerissen übers Land zog) überzeugten seine Mutter schließlich, ihn dazulassen. Es muß gesagt werden, daß dieser Entschluß auch für sie eine Erleichterung war. Aber als sie von ihm ging und Candido ihre Küsse kühl erwiderte, da flüsterte sie ihrem Vater zu: «Er ist ein kleines Ungeheuer.» Ein Gedanke, den der General seinerseits bereits hegte.

Über die mitleidige Mißbilligung, der Candido durch den General, die Verwandten und fast die ganze Stadt ausgesetzt war; und über sein Verhalten, als er davon erfuhr.

Einen Monat vor des Advokaten Munafò Selbstmord war der General ins Nationalparlament gewählt worden; und dies mit so vielen Direktstimmen auf der Liste der Christdemokraten, daß er alle anderen in Westsizilien Gewählten mit Abstand hinter sich ließ. Der Gegner hatte zu Beginn des Wahlkampfes versucht, ihn wegen seiner Vergangenheit als faschistischer Frontkämpfer anzugreifen: doch bei der Menge, die zu seinen Wahlkundgebungen ging, bewirkten diese Attacken sogar eine gewisse Bewunderung für den General; im übrigen hatte der General mit einem Gegenangriff gedroht, das heißt Namen, Ämter, Pfründe jener Faschisten bekanntzugeben, die als Kandidaten anderer Listen, anderer Parteien aufgestellt waren: und deren gab es gar viele. Für die Kommunistische Partei am Ort kandidierte Baron Paolo di Sales, wie schon erwähnt, einstiger Adjutant des Generals während des Spanienkriegs: also der ureigentliche

Gegner in diesem Wahlkampf. Doch befleißigten sie sich beide einer solchen Diskretion und Eleganz, daß sie es sogar zu Bezeugungen gegenseitigen Respekts, ja, der Hochachtung brachten: in aller Öffentlichkeit. Auch der Baron wurde gewählt.
Bei der Schlußkundgebung des Generals wollte Concetta, fanatische Befürworterin mehr der Partei des Kreuzes Christi als des Generals, der dieser Partei angehörte, auch Candido dabeihaben. Candido langweilte sich, fand es scheußlich: zu viele Leute, zu viel Geschrei, zu viel Weinatem; und er bekam ihn am meisten zu spüren, diesen Atem, weil viele Leute sich verpflichtet fühlten, sich zu ihm herunterzubeugen, ihn zu streicheln, ihn zu fragen, ob er sich denn freue, daß der General, sein Großvater, Abgeordneter werde. Candido wußte nicht, was ein Abgeordneter ist; jedenfalls war es ihm einerlei, ob sein Großvater einer sein würde oder nicht.
Nach seiner Wahl, persönlicher Triumph im Rahmen des Triumphes, den jener 18. April 1948 der Christdemokratischen Partei bescherte, war der General wie verjüngt. Schon während des Wahlkampfes hatte er sich angewöhnt, über seinem verlorenen Auge eine schwarze Binde zu tragen: und das verlieh ihm jetzt, so verjüngt durch den Wahlerfolg, etwas Räuberisches, Piratenhaftes, was die *Damen vom Sacré-Cœur*, die *Ursulinerinnen* sowie die *Töchter Mariä* faszinierte. In seinem neu-

erworbenen Selbstbewußtsein und Stolz sagte der General, sobald er auf seinen Exschwiegersohn (zweifach ex: wegen der «Sacra Rota» und seines Todes) zu sprechen kam: «Er war ein Trottel; wäre er gleich zu mir gekommen, hätte ich alles in Ordnung gebracht.» Und traf es sich, daß er dies in Candidos Gegenwart sagte, maß er ihn mit einem Blick der Verachtung und zugleich voll Mitleid.
Mit ebensolchen Gefühlen blickten auch alle anderen Verwandten auf ihn, diejenigen väterlicherseits freilich mit weniger Mitleid; und desgleichen, wenn sie ihm begegneten, die Herren, die seines Vaters Freunde und die Damen, die seiner Mutter Freundinnen gewesen. Einzig und allein Concetta, nachdem ihr nur einmal jener Satz entschlüpft war, daß sie ihm die Zunge abschneiden müsse, blickte ohne einen Schatten des Vorwurfs auf ihn, dafür mit reichlichem und tränenvollem Mitleid. In Wahrheit war Concettas uneingeschränktes Mitleid Candido noch mehr zuwider als die zwiespältigen Gefühle all der anderen. Kurzum, alle waren sie ihm mehr oder minder lästig und zuwider: doch Concetta von allen am meisten. Und so machte er sich daran, sie zu beobachten, sie zu erforschen. Und wurde auf diese Weise gewahr, daß Concetta ihre Empfindungen dem verstorbenen Advokaten Munafò gegenüber radikal geändert hatte; und diese neue Empfindung, fast schon ein Kult, wurde von Schuldbewußtsein begleitet, weil sie einst Groll

und Spott gefühlt hatte. Gleichzeitig hatte sich ihre Empfindung der Signora Maria Grazia gegenüber gewandelt. Dies aber konnte Candido weder wissen noch ahnen: und das Schimpfwort *Gehörnter*, mit dem Concetta den Advokaten so oft bedacht hatte, war jetzt zum Schimpfwort *Hure* geworden, mit dem sie die abwesende Signora Maria Grazia ebensohäufig bedachte. Diesen Sinneswandel dankte ihr der Advokat und erschien ihr im Traum; und bat sie gleich bei dieser Gelegenheit, ihm einige Messen singen zu lassen, da man ihn dort, wo er sich befand, so sagte er, als vergessen betrachtete und beließ.

Concetta berichtete Candido von der Bitte und verschwieg den Dank. Sie teilte ihm auch ihre Schlußfolgerung und Überzeugung mit, daß der Advokat im Fegefeuer sei: denn was macht sich einer in der Hölle schon aus Messen? Von da an regnete es Messen, um jenen Ort im Fegefeuer zu kühlen, wo sich der Advokat aufhielt: und zu jeder Messe in der schwarz behängten Kirche erschien Concetta zerknirscht phrenetisch betend; weniger zerknirscht, ja mit viel Langeweile und Unaufmerksamkeit, Candido. Und während einer dieser Messen machte Candido, Schritt für Schritt, die Entdeckung, daß der Tod nicht etwa darum etwas Schreckliches bedeutet, weil man nicht mehr da ist, sondern im Gegenteil, weil man immer noch da und den veränderlichen Erinnerungen, veränderlichen Gefühlen, veränderlichen Gedanken derjenigen preisgegeben ist, die zurückgeblieben sind: eben wie sein Vater Concettas Erinnerungen, Gefühlen, Gedanken. Es mußte eine große Anstrengung für einen Toten sein, sich noch in dem zu bewegen, was die Lebenden in Erinnerung behielten, fühlten und dachten; und sogar in dem, was sie träumten. Candido stellte es sich wie eine Art heftigen Rückrufes, Rückpfiffes vor, dem ein Lauf folgte, ein keuchendes, atemloses Eintreffen. Was Concetta *das andere Leben* nannte, war schon wirklich ein Hundeleben.

Candido selbst belästigte seinen Vater im *anderen Leben* (daß es dieses gäbe, hielt er, um die Wahrheit zu sagen, für recht unwahrscheinlich) nur in geringem Maße: nur insoweit, wie er diesen in der Erinnerung brauchte, um zu begreifen, aus welchem Grund die andern mit Mißbilligung und Mitleid zugleich auf ihn schauten. Was das Mitleid betraf, so kam er bald dahinter. Oder besser: er glaubte dahintergekommen zu sein, als er in der Schule die Beobachtung machte, wie ein anderes elternloses Kind, das bei seinen Großeltern lebte, ebenso behandelt wurde. In Wahrheit, und das wurde ihm erst später bewußt, war das Mitleid, mit dem man ihn bedachte, ein anderes, denn es war noch zusätzlich von der Sorge bestimmt, was wohl in ihm vorgehen würde, wenn er früher oder später erführe, daß sein Vater ums Leben gekommen war, weil er selbst etwas gesagt hatte, das er nicht hätte sagen dürfen. Was die Mißbilligung betraf, benötigte er eine zeitlich längere und schwierigere Befragung. Dazu beobachtete er Concetta und provozierte sie zuweilen; merkte sich alles und dachte darüber nach, was der Großvater, die Verwandten und Bekannten über seinen Vater redeten; forschte in seiner ihm noch verbliebenen Erinnerung an jene Nachmittage, die er im Arbeitszimmer versteckt hinter dem Sofa, auf dem Teppich liegend verbracht hatte; legte sich jeden Bestandteil zurecht wie bei dem Puzzle aus edlem Holz, das man ihm geschenkt hatte und dessen einzelne Stücke ihm – durch Aussehen, Berührung, Geruch – lieber waren als das Gefüge, das man aus ihnen herstellen konnte; und so gelangte Candido endlich zu einem Bild, das noch keine Einsicht und auch noch nicht so scharf umrissen war, wie wir es darstellen: das Bild seines Vaters als das eines Mannes, der über sein ganzes Leben abrechnet, wobei die Summe unter dem Schlußstrich so herauskommt, daß er die Pistole auf sich selbst richtet. Ein Bild, das sich bei ihm in aller Unschuld aus den vielen Rechnungen herauskristallisiert hatte, die er seinen Vater hatte machen sehen; dem General, Concetta und allen andern wäre es freilich als die Ausgeburt eines schier unglaublichen, ungeheuerlichen Zynismus erschienen.

Doch obwohl Concetta von diesem Bild nichts

wußte, erwies sich der zehnjährige Candido auch in ihren Augen als ein Ungeheuer, wie als Fünfjähriger in den Augen seiner Mutter und seines Großvaters. Ein Ungeheuer, dem man nach Concettas Dafürhalten mehr Liebe schuldete, als wenn er so *wie alle anderen Kinder* gewesen wäre. Candido pflegte seinem verstorbenen Vater gegenüber keinerlei Kult, fragte nicht nach seiner lebenden Mutter, empfand keine Zuneigung zu seinem Großvater und machte sich auch aus ihr nicht das geringste. Zudem äußerte er Dinge, die sie erschaudern ließen; und äußerte sie in einer Art, der etwas Diabolisches anhaftete: in schrillem Singsang. So sagte er ihr auch einmal: «Du willst es mir nicht sagen, aber ich weiß, daß ich meinen Vater umgebracht habe.» Und drehte sich um und rannte weg, geradeso wie ein Teufel: denn nach Concettas Glauben rannten die Teufel immer wie die Fohlen, sprachen im Singsang und lachten, als würden sie Messer wetzen.

Über die Gedanken, die sich der General und Concetta in Hinblick auf Candidos Erziehung machten; und über des Generals Entscheidung, ihm früheren Zeiten gemäß einen Hauslehrer zu geben.

Über die Teuflischkeit, die Candido zu erkennen gab, nahm sich Concetta mehrmals vor, mit dem General zu reden; doch immer wieder verschob sie es mit der Ausrede, daß der General entweder vielbeschäftigt oder wohl nicht imstande sei zu begreifen, oder daß man noch eine oder zwei Wochen abwarten solle, um zu sehen, ob sich Candido bessern würde. In Wahrheit fürchtete Concetta, der General könne Candido in ein Internat geben. Teufel hin, Teufel her, was würde ihr Leben ohne Candido sein?

Statt zum General, ging sie zum Erzpriester und redete mit ihm. Und der Erzpriester sprach gegen Concettas ausdrücklichen Wunsch mit dem General; selbstverständlich nicht in der Ausdrucksweise, wie Concetta mit ihm geredet hätte. Die Geschichte von dem teuflischen Geiste, der in dem Kinde Wohnung genommen habe, ließ ihn einesteils lachen und machte ihn anderteils besorgt. Be-

sorgt, weil dieses Kind bei einer Frau lebte, die so unwissend, abergläubisch und voller abergläubischer Ängste war wie Concetta. Vielleicht handelte es sich bei dem, was Concetta teuflisch vorkam, um nichts anderes als um eine gesunde Selbstverteidigung, eine gesunde Auflehnung Candidos gegen ihren religiösen Übereifer in der Trauer, ihren fortdauernden und pedantischen Toten- und Todeskult, ihr dunkles Glaubens- und Bußgebaren.
Der Erzpriester galt als *modern* und hielt sich dafür. Er beschäftigte sich viel mit Psychologie; wobei er jedoch hinter diesem Wort jenes andere verbarg, das man damals nur mit Vorsicht und vielen Vorbehalten aussprechen durfte: Psychoanalyse. Er hatte sogar ein Traktat über *Moralpsychologie*, also Psychoanalyse verfaßt, das sich als wohlgeordnetes Manuskript in den Klippen des Ordinariats festgefahren hatte: in Erwartung des *Imprimatur*. Klippen der bischöflichen Unentschlossenheit, ob dieses zu verweigern oder zu erteilen sei, wenngleich mit größerer Neigung, es zu verweigern: der Bischof hatte nicht nur hinter dem Wort Psychologie das Wort Psychoanalyse erahnt, sondern hielt auch die mit Subtilität verfochtene Theorie für verstiegen und revolutionär, daß nämlich die Kirche die Psychologie, das heißt die Psychoanalyse, anerkennen und sich als einen wesentlichen, fast naturgegebenen, unverzichtbaren Bestandteil des kirchlichen Amtes und Dienstes zu eigen ma-

chen solle; man dürfe sie nicht den Laien überlassen. Und sie nicht den Laien zu überlassen, erreichte man durch eine Art geistlichen «Staatsstreichs»: die Weihe zum Diakon, ob sie es wollten oder nicht, für alle, die innerhalb der katholischen Glaubensgemeinschaft den Beruf eines Psychologen, also eines Psychoanalytikers ausübten. Theologisch gesehen, habe ja schließlich die Gestalt des Diakons so ungewisse, undefinierte Konturen ...
Ausgehend von diesen Neigungen, diesen Studien des Erzpriesters Lepanto, kann man mit Leichtigkeit folgern, daß der Fall Candido, wie ihn Concetta dargestellt hatte, sein besonderes Interesse wecken mußte. Also sprach man darüber mit dem General: und der General gestand ihm, daß auch er besorgt sei über die Art, wie dieses Kind aufwuchs, und über die sonderbaren Gedanken, die es habe. Der Erzpriester bot sich an, sich um Candido zu kümmern: man solle ihn zu ihm schicken wie zu einem Betreuer, er werde ihm bei den Schulaufgaben beistehen und ihn zugleich beobachten, studieren, analysieren.
Candido ging gern zum Erzpriester. Es machte ihm Spaß, von Mal zu Mal und ein Gespräch ums andere zu entdecken, wie ein Priester beschaffen war: dieser geheimnisvolle, in einen langen schwarzen Talar gewandete Mensch, der sich nur Spitzen und Damast anzulegen brauchte, um die Hostie zum Körper Christi werden zu lassen, und der es zu-

wege brachte, daß ein Toter vom Fegefeuer zum Himmel auffuhr (Gewalten, die anzuzweifeln Concetta zufolge eine Gotteslästerung war; doch Candido zweifelte sie an). Eingeschlossen in den Taucheranzug seiner Schemata und seiner Kabale, kam sich der Erzpriester wie auf Unterwasserjagd vor, um diejenigen Vorstellungen und Gedanken Candidos auszuspähen, aufzuspießen, die für ebendiese Schemata, diese Kabale die größte Beweiskraft hätten. Tatsächlich war es Candido, der den Erzpriester ausspähte und analysierte.
In seinem Aussehen hatte Candido etwas von einer Katze: irgendwie etwas Weiches, Samtenes, Lässiges; einen verträumten und abwesenden Blick, der sich hie und da verengte und ganz Aufmerksamkeit wurde; langsame und lautlose Bewegungen, die manchmal, und ebenso lautlos, zu sprunghaften wurden. Desgleichen seine Gedanken: voll der Phantasie, vagant und extravagant; doch immer auf dem Sprung. Im übrigen mochte er es, einer Katze zu gleichen: wußte er doch um ihre Freiheit, ihre Unabhängigkeit von den sie umgebenden Menschen, ihre Fähigkeit, sich selbst genug zu sein. So war auch die einzige Bindung, die er empfand, diejenige zur Hauskatze: ein schöner grauer Kater, der zwar sein eigenes Alter, jedoch als Katze das Alter seines Großvaters hatte. Von dem Augenblick an, da ihm die Lebensbemessung der Katzen bekannt wurde, nannte er ihn tatsächlich: Großva-

ter. Was der General, als er es zufällig erfuhr, so übelnahm, daß er es seiner Tochter schrieb. «Er nennt den Kater Großvater», schrieb er. Und die Tochter, scherzend: «Ich hab's dir gesagt: er ist ein kleines Ungeheuer.»
Daß er ein kleines Ungeheuer war, davon überzeugte sich schließlich auch der Erzpriester. Bei der gegenseitigen Analyse hatte der Priester nichts für eine Diagnose und darauffolgende Therapie Brauchbares entdecken können; Candido aber hatte entdeckt, daß der Erzpriester mit so etwas wie einer ziemlich komplizierten, jedoch folgendermaßen zu umreißenden fixen Idee behaftet war: daß alle Kinder ihre Väter morden und einige bisweilen auch Unsern Vater im Himmel; nur daß dies kein echter Mord, sondern eher wie ein Spiel ist, wo sich an Stelle der Dinge die Namen und an Stelle der Taten die Absichten befinden; kurzum, ein Spiel wie die Messe. Daß der Erzpriester dies von allen Kindern dachte, darob empfand Candido mehr Mitleid mit dem Erzpriester als mit den Kindern. Daß er es schließlich von ihm dachte, brachte ihn zu der Auffassung, man müsse ihm die Illusion nehmen: geduldig. Auf jede nur mögliche Art und Weise gab er ihm zu verstehen, und bisweilen sagte er es ihm auch ganz deutlich, es könne schon sein, daß alle Kinder Unsern Vater im Himmel mordeten: er, Candido, aber ganz gewiß nicht; seinen Vater habe er nicht ermordet, und von jenem andern

Vater wisse und wolle er nichts wissen.
Diese Haltung Candidos brachte den Erzpriester in Verwirrung und stürzte ihn in eine Gewissenskrise. Weil Candido dem Priester zufolge seinen Vater wirklich umgebracht hatte: und nun mußte man ihn entweder davon überzeugen oder in dieser seiner anmaßenden Unschuld belassen. Ein schreckliches Problem; von der Art desjenigen, dem sich in der Erzählung eines amerikanischen Schriftstellers jener gegenübergestellt sah, der den im Beispiel des zwölf wahllos auf zwölf Schreibmaschinen hauenden und am Ende sämtliche Werke der Kongreßbibliothek schreibenden Affen enthaltenen Lehrsatz der Wahrscheinlichkeitsrechnung nachprüfen wollte, zwölf Affen und zwölf Maschinen kauft, und die Affen reproduzieren augenblicklich und nicht *am Ende* einen Dante, Shakespeare und Dickens: so daß ihm nichts anderes bleibt, als alle zwölf umzubringen. Um das Problem wirklich aus der Welt zu schaffen, hätte der Erzpriester Candido umbringen müssen: ein Gedanke, der ihm, was zu seiner Ehre gesagt sein soll, gar nicht erst kam. Und so behielt er es, ohne sich jemals zu seiner Lösung zu entschließen. Doch andererseits gelang es nicht einmal Candido, das seine, den Erzpriester betreffend, zu lösen.
So saßen sie sich jahrelang gegenüber, zwischen ihnen ein Tisch, darauf ein bronzenes Kruzifix, ein zinnernes Tintenfaß, die Apostelgeschichte, die

Werke von Freud und Jung, und beobachteten sich, spähten sich aus. Sie redeten über gar viele Dinge, doch beide stets mit diesem Gedanken. Und so kamen sie schließlich dazu, einander zu mögen, ungeachtet der Väter und Unseres Vaters.

Worüber Candido und der Erzpriester diskutierten; und über den Schaden, der dem General daraus erwuchs.

Seiner Schulaufgaben entledigte sich Candido rasch: zu Hause und allein. Der Erzpriester fand nur selten einen Fehler; und wenn er einen fand, wurde er durch Candidos Promptheit, ihn zuzugeben und zu korrigieren, jeder Erläuterung enthoben. So daß sie, nachdem sie den schulischen Teil sofort hinter sich gebracht hatten, über anderes sprachen: nämlich, ohne daß es der Erzpriester gewahr wurde, über Dinge, die Candido zu erörtern wünschte.
Sie sprachen über Concetta und den General; und der Erzpriester sprach über sich selbst, über seine Kindheit in Armut in einer armen Welt, über seine Mutter, seinen Vater, sein Heranwachsen, seine jungen Jahre im bischöflichen Seminar der Provinzhauptstadt, den Tag seiner Priesterweihe und den festlichen Empfang, der ihm in seinem Dorf bereitet worden war. Über Concetta und den General sprachen sie wie über zwei Themen, die alles ausloteten: alles, was es in einem Menschenleben an Irrtum, Torheit, Wahnsinn gibt. Candido hatte

sich von beiden ein phantastisches Bild zurechtgelegt: als wären sie von kletternden Trauergewächsen umrankt und verdeckt. Das Bild kam ihm vom Efeu, der die Trümmer der alten Friedhofskirche überzogen hatte: und er wollte die Trümmer sehen, die sich in Concetta, im General verbargen. Der Erzpriester sprach gern über Concetta, denn die vielen Katholiken wie Concetta waren Gegenstand seiner priesterlichen Sorge; einer Sorge, die zuweilen in Verzweiflung umschlug. Doch er sprach ungern über den General. Da er festgestellt hatte, daß für Candido der General nicht an die Stelle des Vaters wie auch Concetta nicht an die Stelle der Mutter getreten war, hätte er es vorgezogen, mit dem Jungen nicht über den General, sondern über die Mutter in weiter Ferne zu sprechen, die mit einem Mann verheiratet war, den Candido nicht kannte, und Mutter zweier Candido ebenfalls unbekannter Kinder war. Für Candido aber waren seine Mutter, der Mann, den sie geheiratet hatte, und die beiden amerikanischen Geschwister so weit weg, daß er nur selten an sie dachte; und die wenigen Male, da ihm dies widerfuhr, empfand er wohl eine ungewisse Neugierde auf ihr fernes und sicher anderes Leben, jedoch nie etwas Ähnliches wie Mangel, Neid oder Unbehagen. Man kann sogar behaupten, daß er ohne jegliches Gefühl an sie dachte; und als er gerade schreiben gelernt hatte und ihn der Erzpriester auf Vorschlag des Generals aufforder-

te, ein Briefchen an seine Mutter zu schreiben, tat er dies nur dem Erzpriester zuliebe. Der Brief begann mit «Liebe Signora» und berichtete trocken, daß es allen gut ginge: ihm, Concetta, der Katze, dem General, dem Priester. Als dieser ihn las, war er zunächst beinahe zornig; dann aber betrachtete und genoß er ihn im Scheine seiner Wissenschaft. «Wie denn: du nennst deine Mutter *liebe Signora*?» Geduldig schrieb Candido den Brief noch einmal: mit der einzigen Variante «Liebe Mama». Aber damit war die Sache noch nicht erledigt: des Erzpriesters Appetit war angeregt; und wurde zum Heißhunger, als Candido ihm von der nackten Frau an der Zimmerdecke erzählte: ihm sei, so sagte er, als schriebe er zum Schein und Spaß einer Frau, die nur auf jenem Gemälde existiere. Der Erzpriester dachte: «Also, um seine Mutter zurückzuweisen, um sie dafür zu verurteilen, daß sie ihn verlassen hat, identifiziert er sie mit der nackten Frau an der Zimmerdecke: denn die Mama kann bei der Vorstellung, die er von der Mama hat, und bei der Vorstellung, die er von der Nacktheit hat, gar nicht nackt sein.» Also bemühte er sich, Candido von dieser Identifizierung abzubringen, auf die er sich festgelegt hatte, doch Candido bestand so beharrlich auf seiner Behauptung, dort sei das Abbild seiner Mutter, wie sie über die Decke schwebe, daß der Erzpriester dieses sehen wollte.
Er bekam einen kleinen Schock. Die Tatsache, daß

die gemalte Frau wirklich und so sehr der Signora Maria Grazia glich, daß man annehmen konnte, sie selber habe dem Maler nackt Modell gestanden (eine unmögliche Tatsache, weil in einem Winkel der Decke unter dem Namen des Malers die Jahreszahl 1904 stand), verwirrte den Erzpriester einigermaßen: im Bereich – hauchzart, durchscheinend und sorgfältig im Untergrund bewahrt – der Sinne. Daß in Candido bei der Identifizierung seiner Mutter mit jener nackten Frau ein dunkler Vorsatz wirkte, sie zu erniedrigen, konnte man aus dem, was er in aller Unschuld sagte, nicht ableiten: die Betrachtung jenes Körpers, der er sich von Zeit zu Zeit widmete, war wie ein von allem Instinkt, von allem Gefühl, ja sogar vom Wunsche selbst geläuterter Wunsch: ein wahrhaftiges Idyll, ein Augenblick des Einklangs mit der Welt, ein Augenblick der Harmonie. Dafür spürte der Erzpriester in sich selbst so etwas wie das Aufkeimen einer eigenartigen, ungesunden Leidenschaft. So nahm er sich vor, mit Candido nicht mehr über seine Mutter zu reden: was von Candido mit einer gewissen Erleichterung aufgenommen wurde, wenn ihn auch bisweilen die Neugierde ankam, aus welchem Grund wohl der Erzpriester nicht mehr von ihr sprach. Und die Erleichterung kam natürlich daher, daß ein für ihn schmerzliches Thema nicht mehr berührt wurde: nur daß der Schmerz für ihn in der Erinnerung an seine Mutter lag (und in der

Bedrohung, die er stets auf sich lasten fühlte), als sie gekommen war, ihn nach Amerika mitzunehmen.
Sie sprachen also über Concetta und den General; und der Erzpriester über sich selbst, von Candido geschickt dazu ermuntert. Nicht, daß Candido gewußt hätte, wie geschickt er war; er empfand nur Wißbegierde, ohne jede Bosheit und ohne jede Schuld: eine Wißbegierde, seiner Meinung nach derjenigen gleichzusetzen, die ihn den Erwartungen der Schule gemäß dazu brachte, sich für die Geschehnisse der Vergangenheit, die Klimata und Erzeugnisse ferner Länder, die drei Naturreiche (Aufteilung der Natur in drei Reiche, die ihm nicht natürlich schien) zu interessieren; oder auch eine Rechenaufgabe zu lösen. Bitte: die Personen seiner Umgebung waren wie Rechenaufgaben; und er wollte sie lösen, um sich ihrer ebenso zu entledigen, wie er sich der Rechenaufgaben entledigte, die man ihm in der Schule stellte. Und unter diesen Personen, diesen Rechenaufgaben wurde ihm schließlich zur wichtigsten der General. Also der Faschismus. Das heißt jene Vergangenheit, auf deren Trennlinie zur Gegenwart er geboren war.
Diese Trennlinie hatte – hielt man sich an das, was an den Nationalfeiertagen und insbesondere an demjenigen des 25. April gesagt wurde, der an die Befreiung ganz Italiens vom Faschismus erinnerte – gleichermaßen die Finsternis vom Licht, die

Nacht vom Tag geschieden; und da der General sich mitten darin befand, hatte sie ihn also mitten entzweit. Den Beweis lieferte für Candido das von der Binde verdunkelte Auge, das jener Hälfte seines Großvaters angehörte, die in der Finsternis verblieben war. Und dies war Candidos vordringlichstes Problem: war ein so entzweiter Mann überhaupt imstande, mit all der Energie und all dem Glück zu leben, wie es beim General den Anschein hatte? Denn darüber gab es keinen Zweifel: zur Hälfte lebte sein Großvater (oder starb, sofern der Faschismus Tod bedeutete) auch weiterhin in der Vergangenheit. Das zeigten doch alle Reliquien, die er in seinem Schlafzimmer bewahrte: Wimpel aus Ripsseide, die eine Seite schwarz, die andere trikolor, mit Goldfransen umsäumt, Medaillen, Fotografien mit Widmungen Mussolinis, Badoglios, des Generalissimus Franco (wenn der General «el generalisimo» sagte, war Candido, als zerdrücke er auf den ersten Silben eine Likörpraline und goutiere sie auf den nachfolgenden).

Dem Erzpriester aufgegeben, fand das Problem folgende Lösung: in seiner Jugend hatte der General sich geirrt und auch noch weitere zwanzig Jahre lang; da ihm jedoch dieser Irrtum große Opfer abverlangt hatte, nicht zuletzt den Verlust eines Auges, legte er Wert auf die Quittungen, die Vaterland und Faschismus ihm für ebendiese Opfer ausgestellt hatten. Doch als diese nachsichtige Lösung dem General vorgetragen wurde, bekam er einen schrecklichen Wutanfall. «Ich habe mich nicht geirrt, ich habe mich nie geirrt!» schrie er; und erging sich in einer Tirade über den Faschismus, die wir folgendermaßen zusammenfassen können: groß war der Faschismus, und klein und feige waren die Italiener (ausgenommen selbstverständlich General Cressi und noch wenige andere). Als ihm der Atem ausging, meinte Candido in aller Ruhe: «Der Erzpriester hat mir gesagt, daß du dich damals geirrt hast.» Hätte er ihm dies vorher gesagt, wäre der General vorsichtiger gewesen: auch darum, weil viele der Wählerstimmen, die ihn ins Parlament gebracht hatten, dem Erzpriester zu verdanken waren. Zurücknehmen konnte er die Tirade jetzt nicht mehr. Innerlich kochend vor Wut, ging er mit erregten Schritten hin und her. Candido nutzte dieses Schweigen, um ihn gelassen zu fragen: «Hast du dich damals geirrt oder irrst du dich jetzt?» Und der General, der vor ihm stehengeblieben war und sichtlich an sich halten mußte, ihm nicht ein paar Ohrfeigen zu verabreichen: «Was heißt da irren, du Wurm! Es ist ein und dasselbe» und rannte wütend aus dem Zimmer.

Mehr noch als mit Wurm tituliert worden zu sein, erstaunte Candido die rätselhafte Behauptung «es ist ein und dasselbe». War's denn dasselbe: Vergangenheit und Gegenwart, Faschismus und Antifaschismus? Er bat den Erzpriester um Aufklärung, berichtete wortwörtlich, was sein Großvater gesagt hatte.

Der Erzpriester war darüber recht betreten. Er gab Candido keine Antwort, sagte nur, daß er mit dem General sprechen würde; doch er merkte, wie er sich ärgerte, wie es in ihm arbeitete.

Und er sprach mit dem General. Es war ein Zusammenstoß, gemessen an den Folgen, die diese Unterredung für Candido hatte. Der General nannte ihn wiederum nicht nur einen Wurm, einen kriechenden Wurm, dreckigen Wurm; sondern auch noch Spitzel, Spion, Zuträger, Verräter von Familienangehörigen, geborenen Spitzel und Verräter. Candido blieb unter diesem Hagel ganz ruhig. Es beunruhigte ihn ein wenig, als der General drohte, ihm den Nachschulunterricht durch den Erzpriester zu entziehen.

Über die Macht, von der Candido nicht bewußt war, sie über seinen nächsten Anverwandten zu besitzen; und über seine Empfindungen und Handlungen, als ihm bekannt wurde, daß er sie besaß.

Candido war reich: durch das Erbe seines Vaters und auch noch durch die Mitgift seiner Mutter, die bei der auf die Annullierung der Ehe hin getroffenen Konvention kraft eines gnädigen Schenkungsaktes auf ihn übergegangen war. Vormund von Gesetzes wegen mit Befugnis über diesen Reichtum war der General. Vormund Candidos, wie es offiziell hieß; über Candidos Güter, Verpflichtungen und Einkünfte. Nicht, daß sich der General darangemacht hätte, diese Güter und Einkünfte zu verbrauchen, er war sogar deren gewissenhafter Verwalter: doch durch sie hatte er eine Macht, oder glaubte sie zu haben, die ihm bei seiner politischen Tätigkeit von Nutzen war. Über die Bauern, die auf Candidos Ländereien arbeiteten, die Schaf- und Rinderzüchter. Andererseits, und auch das muß gesagt werden, hätte er nicht einmal den Versuch machen können, seinen Enkel zu berauben: Brüder und Schwestern von Candidos Vater hatten versucht, die Befugnis über jene Mündelgüter zu erhalten, obwohl sie keinen Wert auf die Vormundschaft über diesen ihres Bruders Sohn legten, der Anlaß für dessen Tod gewesen war. Da ihnen diese nicht zuteil geworden, legten sie sich auf die Lauer: bereit, über den General herzufallen, sollte er sich die geringste Verfehlung zuschulden kommen lassen. Und hatten auch versucht und versuchten immer noch, Candido in den Bannkreis einer Zuneigung zu ziehen, die sie als intensiv und mitleidend hinstellten: nur daß eben Candido, ein Ungeheuer auch in ihren Augen, als Ungeheuer, das er nun einmal war, nicht darauf hereinfiel. Und doch fürchtete sich der General vor einem Zusammengehen Candidos mit seinen Verwandten väterlicherseits: was Candido Macht über den General geben würde.

Die Drohung, ihm den Unterricht durch den Erzpriester Lepanto zu entziehen, war demnach nicht zu verwirklichen, falls sich Candido entschieden dagegen wehren würde. Wie er sich auch in der Tat nach den Wahlen 1953 entschieden dagegen wehrte, bei denen der General wohl noch einmal durchkam, jedoch nur den zehnten Platz erreichte. Ursache für dieses Zurückfallen war nach Ansicht des Generals die Gegnerschaft des Erzpriesters: Gegnerschaft, deren Ursprung in Candidos Denunziation und in dem Zusammenstoß zu suchen war, den es daraufhin zwischen ihm und

dem Priester gegeben hatte.
Daß er vom ersten Platz bei den Wahlen im Jahre 1948 auf den zehnten Platz bei denen im Jahre 1953 zurückgefallen war, brachte den General schier außer sich vor Wut. Und wie er an dem Tag, als die Ergebnisse bekanntwurden, seinen Enkel in gewohnter Weise ruhig lächelnd vor sich treten sah, bekam er eine regelrechte Nervenkrise. Er beschimpfte ihn im Namen der Loyalität, des solidarischen Schweigens, der Familienliebe, die er vertrat, die aber Candido nicht kannte und als der Wurm, der er war, auch niemals kennenlernen würde; über den Erzpriester zog er im Namen anderer Tugenden her, wie Arbeit, Keuschheit, Treue und Antikommunismus, alles Tugenden, die dem Erzpriester unbekannt seien. Hier aber empörte sich Concetta, die bei dieser Szene zugegen war. Was die Beschimpfung Candidos betraf, so könne sie diese bei aller Mißbilligung noch akzeptieren: Candido sei unfähig, sich an die Regeln eines rechtschaffenen Lebens zu halten. Doch den Erzpriester auf solche Weise zu beschimpfen, dürfe der General sich nicht erlauben; und insbesondere nicht, was seine allgemein bekannte Keuschheit betraf.
Der General trat dicht vor sie hin, richtete ihr den Zeigefinger anklägerisch auf die Brust, auf das Gewissen, und schleuderte ihr die Frage ins Gesicht: «Wen hast du gewählt, wen hat dich dieser Lump

wählen lassen?» Concetta antwortete stolz: «Das Heilige Kreuz habe ich gewählt, wie immer.» Doch der General hakte nach: «Und hast du meine Listennummer gewählt? Sag mir die Wahrheit, bei deinen Toten, du mußt mir die Wahrheit sagen: hast du meine Listennummer gewählt?» Concetta wurde verlegen, stotterte: «Das geht nur mein Gewissen etwas an, und keiner hat das Recht, mich danach zu fragen.» Und der General, schmerzlich triumphierend: «Mich hast du nicht gewählt, ich weiß es, ich bin ganz sicher.» Und in verzeihendem, fast herzlichem Ton: «Aber ich mache mir nichts daraus, ich bin ja trotzdem gewählt worden ... Nur eines möchte ich wissen: was hat dir der Erzpriester gesagt, damit du mich nicht wählen sollst?» Concetta antwortete: «Das bleibt unter dem Siegel des Beichtgeheimnisses», und merkte gar nicht, daß sie dieses Siegel gerade aufbrach. Und der General mit beißendem Hohn: «Das Siegel des Beichtgeheimnisses! Dumme Gans, kapierst du denn nicht, daß du mir schon gesagt hast: er war's, der dich davon abgehalten hat, mich zu wählen? Das Siegel ...» Und er wurde obszön, machte Anspielungen auf Concettas ungetröstetes Geschlecht; ungetröstet auch durch den Erzpriester, trotz aller großen Liebe Concettas.

Concetta bedeckte Candidos Ohren mit ihren Händen, damit er nicht die unflätigen Worte seines Großvaters hören sollte; sodann versetzte sie dem

General den gezielten Schlag: «Einer, der vor einem Kind solche Reden führt, kann nicht sein Vormund sein.» In seiner Wut machte der General immer weiter: «Ich rede, wie's mir paßt; und du», und er wandte sich an Candido, «gehst von heute an nicht mehr zu diesem Halunken!» Doch als Concetta und Candido ihn verließen, klangen ihm die drohenden Worte der Frau noch in den Ohren und brachten ihn zur Besinnung.

Auf dem Heimweg brach indessen Concetta in ihrer Verzweiflung das Beichtgeheimnis voll und ganz. Sie erzählte Candido, was ihr der Erzpriester hinsichtlich der Wahl gesagt hatte. «Wenn Sie wirklich für die Christdemokratische Partei stimmen wollen, dann suchen Sie sich Leute aus, die auch ein wenig christlich sind.» Concetta hatte gefragt, ob der General ein wenig christlich sei; und der Erzpriester hatte ihr geantwortet: «Das würde ich nun nicht gerade sagen.» Diese wenigen Worte hatten Unruhe, Verblüffung und Unentschlossenheit in ihr ausgelöst. Sie hatte den General nicht gewählt, aber mit einem gewissen Schuldgefühl. Jetzt war sie es losgeworden, fühlte sich und den Erzpriester im Recht: «Recht hat er gehabt, und ob!» Und nachdem sie sich Luft gemacht hatte und ihr Haß auf den General inzwischen kalt und hart wie Diamant geworden war, zählte sie Candido seinen ganzen Besitz auf, offenbarte ihm seine Macht, die er über den General besaß, und ermahnte ihn, sich zu widersetzen und auch weiter zum Erzpriester zu gehen.

Die Ermahnung brauchte Candido gar nicht: er war fest entschlossen, seine Schulbetreuung beim Erzpriester weiterhin wahrzunehmen. Er wußte aber jetzt, daß er diesen Entschluß auf der Grundlage einer Macht durchsetzen konnte, die er besaß und zu besitzen bis zum gegenwärtigen Augenblick nicht gewußt hatte. Er hätte nie gedacht, daß ein Mensch über einen anderen Menschen eine Macht haben könne, die vom Geld, von den Ländereien, den Schafen, den Ochsen herrührte. Und erst recht nicht, daß er über eine solche Macht verfügte. Als er zu Hause allein in seinem Zimmer war, weinte er: ob aus Freude oder aus Angst, wußte er nicht. Dann ging er zum Erzpriester und erzählte ihm alles, auch sein Weinen, das ihn überkommen hatte, ohne daß er wußte, warum.

Es war das erste Mal, daß er zum Essen beim Erzpriester blieb. Und wie er an diesem Tage schon entdeckt hatte, daß er reich war, so entdeckte er jetzt auch, daß der Erzpriester arm war.

Sie blieben beisammen und unterhielten sich bis zum Abend, bis sie in dem dunklen Zimmer, wo sie schon durch den Tisch getrennt waren, auch noch durch die Dunkelheit getrennt wurden; aber eigentlich auch wieder nicht getrennt, denn ihre Stimmen hatten ein anderes Timbre angenommen, ihr Zwiegespräch eine neue Brüderlichkeit. Reichtum und Armut. Böse und gut. Macht besitzen und nicht besitzen. Der Faschismus in uns und der Faschismus außerhalb von uns. «Alles, was wir außerhalb von uns bekämpfen wollen», sagte der Erzpriester, «befindet sich in uns; und wir müssen es erst in uns suchen und bekämpfen ... Ich habe mich so nach Reichtum gesehnt, daß sogar mein Entschluß, Priester zu werden, von dieser Sehnsucht herkam: der Reichtum der Kirche, der Reichtum der Kirchen; Marmor, Stuck, Vergoldung, ziseliertes Silber, Damast, Seide, die schweren Stickereien aus Gold- und Silberfäden ... ich kannte nichts als barocke Kirchen, barock in allem: du trittst ein, um die Messe zu hören, zu beten, zu beichten; doch du bist in den Bauch des Reichtums getreten ... Und der Reichtum ist tot, aber schön, ist schön, aber tot: jemand hat das gesagt, vielleicht nicht genau mit diesen Worten. Und ich meine, daß die Menschen, die etwas über sich wissen, die leben und sich selber leben sehen, zwei große Kategorien bilden: diejenigen, die wissen, daß der Reichtum tot, aber schön ist, und diejenigen, die wissen, daß er schön, aber tot ist. Alles liegt nur am Kreisen zweier Wörter um ein ‹aber› ... Für mich ist er noch schön, doch immer mehr tot und immer mehr Tod. Aber das Problem liegt darin, ob man jemals einen Punkt erreichen kann, wo dieser Tod keine Versuchung mehr für uns ist, einen Punkt, von dem aus man es fertigbringt, die Schönheit vom

Tod zu scheiden ... Vielleicht existiert er nicht: aber man muß ihn suchen.» Mysteriöse Worte für Candido; doch voll eines Mysteriums, das mit der Wahrheit zusammenhing, mit einer so leuchtenden und im Raume schwebenden Wahrheit, daß ihm schien, sie könnte sich in nichts auflösen, wenn er es beispielsweise wagen würde, die Frage zu stellen, was denn eine Barockkirche sei.

Der Erzpriester hatte sich in den drei Jahren sehr verändert, da Candido zu ihm ging. Der General beschwerte sich darüber, daß er den beichtenden Frauen abgeraten hatte, ihn zu wählen; und viele andere beschwerten sich, daß er sich für diese Wahl nicht so sehr wie 1948 eingesetzt, ja, daß er sogar Zweifel und Unsicherheit unter die Gläubigen gebracht hatte. Darüber hinaus traute er auch weiterhin Kommunisten in der Kirche, taufte ihre Kinder, duldete rote Fahnen bei den Beerdigungen: obwohl die Kommunisten als exkommuniziert zu betrachten waren. In hohem Maße verändert: er dachte auch nicht mehr im entferntesten daran, noch etwas zu unternehmen, damit sich des Bischofs *Imprimatur* auf sein Traktat über Moralpsychologie herabsenke. Candido bemerkte diese Veränderung: er sah ihn weniger aktiv, müde, geistesabwesend, gleichgültiger werden. Doch es kam ihm nicht in den Sinn, daß diese Veränderungen teilweise in ihm seine Ursache hatten, in der Verantwortung anderer Art, die der Erzpriester, sich selbst und ihn betreffend, langsam und unmerklich dem Leben gegenüber übernommen hatte; eine ganz andere als diejenige, mit der er früher sein Amt gesehen. Eine, die menschlicher, unmittelbarer, umsichtiger und stetiger war.

Die mühevoll erreichte Schlußfolgerung der beiden an diesem Abend war jedenfalls folgende: man dürfe den General nicht von der Furcht befreien, daß Candido einen Frontwechsel vollziehen und sich zur besseren Wahrung seiner Interessen den Verwandten väterlicherseits zuwenden könne, sich dabei auch der Unterstützung des Erzpriesters bedienend sowie der inzwischen klaren Gegnerschaft Concettas dem General gegenüber; Candido jedoch werde nichts unternehmen oder androhen, was bei seinem Großvater eine solche Furcht wekken könnte. Eine heuchlerische Schlußfolgerung – kommentierte der Erzpriester –, die freilich den Fluch der Macht für jemanden, der wie Candido sie zu besitzen mittlerweile wußte, auf ein Mindestmaß reduzierte.

Über das rätselhafte Verbrechen, dessen Urheber zu entdecken Candido und der Erzpriester in die Lage gerieten; und über die Verdammung, die ihnen beiden von der ganzen Stadt, dem Erzpriester auch von seiner Obrigkeit, zuteil wurde.

Man hatte einen Pfarrer ermordet, den in der neuesten Kirche im neuesten Stadtteil: in der Sakristei, kurz nachdem die Glocken dieser Kirche das Ave Maria geläutet hatten; man wußte nicht, wer es war, und keinerlei Motiv, weder der Rache noch des Diebstahls, war erkennbar. In der Kirche gab es nichts oder kaum etwas zu stehlen; und nichts fehlte. Und der Pfarrer konnte über die üblichen Wahlmachenschaften hinaus eigentlich nichts getan haben, was jemandem Anlaß zu seiner Ermordung gegeben hätte. Kriminalpolizei und Carabinieri tappten im dunkeln. Der Bischof schrieb einen erschütterten Brief an den Erzpriester: und äußerte die Hoffnung, daß ein so grausames Verbrechen an einem Geistlichen der Kirche Christi nicht ungesühnt bleiben möge.

Aus der Bezirksstadt kam ein Polizeikommissar; und wollte noch vor dem Beginn seiner Untersu-

chung den Fall mit dem Erzpriester besprechen. Candido war zugegen, als der Kommissar in der Pfarrei eintraf. Der Kommissar versuchte wiederholt, den Erzpriester zu veranlassen, Candido wegzuschicken; doch dem Erzpriester war plötzlich eingefallen, daß er beobachten könnte, wie Candido auf die Szene reagieren und ob diese ihn an eine andere erinnern würde, die sich vor vielen Jahren abgespielt hatte. Denn hätte sich in Candido etwas festgesetzt, wäre in ihm etwas Dunkles zurückgeblieben, könnte dies für ihn der Augenblick sein, es loszuwerden. Also forderte er den Kommissar auf, ganz ungehindert zu sprechen, als wäre Candido gar nicht anwesend, und jedenfalls mit der Gewißheit, daß der Junge von dieser Unterredung draußen kein einziges Wort würde verlauten lassen. Ohne davon überzeugt zu sein, ja, sogar mit einem gewissen Unbehagen fing der Kommissar zu sprechen an. Und er sagte alles, was zu sagen war: über die Berichte, über die Auskünfte.
Der Pfarrer war ermordet worden, gleich nachdem der Sakristan das Ave geläutet hatte: ein wichtiges Detail, denn der Sakristan hatte sich sofort nach dem Läuten zur Sakristei begeben, um dem Pfarrer mitzuteilen, daß er schnell nach Hause müsse: doch die Tür war gegen jede Gepflogenheit von innen verschlossen. Der Sakristan klopfte. Der Pfarrer fragte: «Was willst du?» Und der Sakristan: «Nichts, ich wollte nur sagen, daß ich auf einen

Sprung nach Hause gehe.» Und der Pfarrer: «Schon gut, aber wirklich nur auf einen Sprung.» Und redete dann wieder mit jenem anderen.
Der Sakristan hatte gestanden, ein wenig gelauscht zu haben. Er hatte den andern reden hören. Er hatte die Stimme des Advokaten ... erkannt. «Ich nenne seinen Namen nicht», sagte der Kommissar, «denn es ist nicht rechtens, ihn in diese Geschichte mit hineinzuziehen: im übrigen ist es erwiesen, daß er nichts damit zu tun hat.» Als der Sakristan nach einer halben Stunde wiederkam, fand er die Tür immer noch verschlossen. Er lauschte eine kurze Weile: Stille, der Advokat war demnach fortgegangen. Er drückte die Klinke, die Tür ging auf: drinnen war alles dunkel, so dunkel, daß er über den Körper des Pfarrers stolperte. Ermordet: drei Kugeln, und dabei hätte schon eine genügt, so präzise waren sie gezielt, und sie stammten aus einer Pistole, die von Experten als deutsche Kriegswaffe erkannt worden war: eine von den Pistolen, die man vor wenigen Jahren noch auf den Märkten in den verschiedenen Stadtvierteln hatte kaufen können.
Beim Verhör hatte der Anwalt in aller Ruhe ausgesagt, daß der Sakristan seine Stimme nur im Traum habe hören können: an dem Abend war er zu Hause geblieben, war vollauf mit einem Prozeß beschäftigt gewesen, der am nächsten Tag vor Gericht stattfinden sollte. Ja, er hatte den Pfarrer, dessen Freund und Mitarbeiter er war (Verwaltungsrat des

Krankenhauses San Giovanni di Dio, Präsident der Pfarrer), oft besucht: an diesem Abend jedoch mit Sicherheit nicht. Weder die Carabinieri noch der Sakristan konnten die Aussage des Advokaten in Frage stellen. Der Sakristan gab zu, daß er sich natürlich getäuscht hatte: und es war leicht, sich zu täuschen, weil in der Sakristei – man machte die Probe darauf – die Stimmen einen gewissen Widerhall, eine gewisse Veränderung erfuhren. «Das ist alles, was wir haben: also gar nichts», schloß der Kommissar seinen Bericht.

Und an dieser Stelle sagte Candido, wie im Selbstgespräch: «Die Stimme.»

«Wie, die Stimme?» wandte sich ihm der Kommissar verärgert zu. Hatte er es doch kommen sehen, daß sich der Junge einmischen würde: einer von diesen überklugen, übereifrigen, vorlauten Jungen, mit denen Pfarrer sich zu umgeben pflegen.

«Die Stimmen», sagte Candido ruhig, «sind fast immer wahr.»

Der Kommissar wußte nicht, ob er aufgebracht oder verblüfft sein sollte. Mit einem Gesicht, das ein einziges Fragezeichen war, wandte er sich wieder dem Erzpriester zu: Fragezeichen, das aufleuchtend in seinem linken Auge begann, in den Runzeln auf der Stirn seine Biegung erhielt, dann herunterfuhr, um sich im rechten Auge zu verengen und zweifelnd zu verdunkeln, und schließlich in dem vor empörtem Staunen offenen Mund sein Ende fand.

Der Erzpriester war bleich geworden, sah noch magerer, noch schmächtiger aus, die Stirn glänzte ihm vor Schweiß. Er war von Erstaunen und Schrecken erfüllt: denn Candido hatte genau das ausgedrückt, was er dachte, was er sagen sollte und nicht sagen wollte. Und nach einem langen Schweigen sagte er: «Die Stimmen sind fast immer wahr; und die Dinge fast immer einfach.»

Der Kommissar saß immer noch wie versteinert in seiner stummen Frage da. Endlich sagte der Erzpriester, wie aus einer Hypnose erwachend: «Den Namen des Advokaten glaube ich aus dem schließen zu können, was Sie berichtet haben; aber ich möchte nicht einem Mißverständnis unterliegen... Würden Sie die Güte haben, ihn mir zu nennen?» Der Kommissar sprach mechanisch den Namen aus, als wäre nun er in eine Hypnose gesunken. Und der Erzpriester: «Ich danke Ihnen... Entschuldigen Sie mich, ich bin gleich wieder da.» Er stand auf und ging ins Nebenzimmer. Candido erriet, daß er seine Gedanken sammeln, daß er beten mußte. Innerlich ruhiger geworden, kam er zurück. Er sagte ganz einfach: «Ich bedaure, aber es ist möglich.»

«Was denn?» fragte der Kommissar.

«Daß die Stimmen fast immer wahr, und die Dinge fast immer einfach sind.»

Zwischen nicht begreifen und nicht begreifen wollen stotterte der Kommissar: «Sie wollen sagen, daß ...»
«Genau», erwiderte der Erzpriester.
«Aber warum?»
«Das werden Sie nicht von mir hören», sagte der Erzpriester mit Entschiedenheit.
Er erfuhr es in der Tat von anderen und im Grunde ohne große Schwierigkeiten. Er erfuhr es am Ende auch vom Advokaten selbst. Der war zum Pfarrer gegangen, um ihn in einem letzten Versuch dahin zu bringen, seine Tochter zu heiraten, ein achtzehnjähriges Mädchen, das vom Pfarrer verführt worden war und nun ein Kind erwartete: doch der Pfarrer hatte ein so abweisendes und verächtliches Benehmen an den Tag gelegt, daß er die drei wohlgezielten Kugeln verdiente. Eine gute Woche danach plagten den Advokaten keinerlei Skrupel mehr; als Advokat war sein Trachten nur auf eines gerichtet: sich so viele Zeugen wie nur möglich zu beschaffen, die bestätigen konnten, daß er die Pistole stets bei sich trug und nicht in Tötungsabsicht die Waffe an sich genommen hatte. Übrigens fand er die Zustimmung der ganzen Stadt, wenn nicht sogar den Beifall: und dies in der zweifachen Hinsicht, daß er seine Ehre gerächt, und zwar an einem Pfarrer gerächt hatte. Ein plötzlicher Ausbruch von Antiklerikalismus, wie bei einem Vulkan, der lange ruhig gewesen war, so daß man ihn für erloschen

gehalten hatte, entfachte das Land. Und da jedermann wußte, wie sich die Dinge zugetragen, daß Candido und der Erzpriester den Täter der Polizei ausgeliefert hatten, währte es nicht lange, bis auch der Bischof davon erfuhr: und der schickte einen gelehrten Theologen, um den Fall zu inquirieren. Ergebnis dieser Inquisition war, daß der Erzpriester zuerst verbrämt, dann geradeheraus aufgefordert wurde, sein Amt als Erzpriester zur Verfügung zu stellen: er könne doch dieses Amt nicht länger bekleiden, wenn mittlerweile die Gläubigen alle ihn bis zur Verachtung ablehnten. Und im übrigen, sagte der gelehrte Theologe, ist es ja nicht so, daß die Wahrheit nicht gut wäre: zuweilen aber richte sie so viel Schaden an, daß es nicht schuldhaft, sondern verdienstvoll sei, sie zu verschweigen.

Als der Erzpriester, nun kein Erzpriester mehr, jenem Theologen seine Rücktrittserklärung überreichte, meinte er parodierend, fast singend: «*Ich bin der Weg, die Wahrheit und das Leben*; bisweilen aber bin ich die Sackgasse, die Lüge und der Tod.»

Der Theologe nahm es krumm. Doch der Erzpriester war in einer Stimmung, die beinahe die Heiterkeit erreichte.

Über des gewesenen Erzpriesters Versuch, seinen Gemüsegarten, und Candidos Versuch, seine Ländereien zu bestellen; und über die Enttäuschung, die ihnen daraus erwuchs.

Ein wenig Respekt wurde Candido von seinen Schulkameraden entgegengebracht: sie sahen ihn an, als hätte er in einem Kriminalfilm mitgewirkt. Dem gewesenen Erzpriester geschah nichts dergleichen.
Der General hielt auf Grund der Affäre, die in der Stadt und auch beim Bischof so viel Unwillen hervorgerufen hatte, um den Erzpriester Lepanto zu degradieren, das Maß nun für voll. Er schrieb seiner Tochter von dem Skandal, von Candidos und Lepantos skandalösem Verhalten: und ob es nicht angebracht sei, wieder auf die alte und richtige – richtige unterstrich er – Idee zurückzukommen, Candido nach Amerika zu holen. Maria Grazia antwortete hart und entschieden. Von wem stammte denn die großartige Idee, Candido dem Erzpriester Lepanto anzuvertrauen? Von ihr gewiß nicht: sie hatte den Priestern stets Respekt, aber auch zugleich Mißtrauen entgegengebracht. Solle

also der General dafür sorgen, Candido und den Erzpriester unbedingt zu trennen. Und ihn nach Amerika zu holen, sei nicht möglich: hielt er es denn, ganz abgesehen von Candidos Reaktion, dem Trauma, das ihm daraus entstehen würde, für denkbar, daß ein dreizehnjähriger Junge, der bis jetzt in Sizilien gelebt hatte, zu einer ruhigen und beinahe glücklichen amerikanischen Familie kommen könnte, ohne daß diese aus den Fugen geriete?
Der General antwortete mit der Drohung, die Vormundschaft über Candido aufzugeben; doch Maria Grazia wußte, daß er sie nie und nimmer aufgeben würde: und blieb unerbittlich. Sie versprach lediglich, auf einen Sprung nach Sizilien zu kommen. Und tat dies unerwartet einige Monate später: in der Zeit, als Candido, natürlich in Gesellschaft des gewesenen Erzpriesters, als Krankenträger nach Lourdes gefahren war: in einem Eisenbahnzug voller Kranker, Lahmer, Blinder, Wunderkandidaten. Doch über diese Reise, die Candidos Mutter sehr erbaute, als sie davon hörte, und ihr deshalb das Urteil des Generals als ungerecht und seine Besorgnisse als übertrieben erscheinen ließ, berichten wir später.
Der gewesene Erzpriester – den wir von nun an Don Antonio nennen wollen, wie auch Candido ihn nannte – war vom Dekanatssitz bei der Kathedrale in das seit Jahren unbewohnte Haus umgezogen, das er von seinem Vater geerbt hatte. Kruzifix,

Tintenfaß und Bücher standen nun auf einem wackligen Tischchen. Das Haus war klein und feucht, besaß aber einen mittlerweile von Brennesseln überwucherten Gemüsegarten, den zu bestellen Don Antonio sich zum ehrgeizigen Ziel setzte, um, wie er sagte, dort soviel herauszuholen, wie er zum Leben brauchte. Er fand die verrosteten und klapprigen Gerätschaften seines Vaters; und machte sich an die Arbeit, bisweilen von Candido unterstützt. Bei der Aussaat und dem Verpflanzen, beim Düngen, Hacken und Schneiden stützte er sich auf sein Erinnerungsvermögen an das, was er vor vielen, vielen Jahren seinen Vater hatte tun sehen: doch ob ihn nun sein Gedächtnis oder der Boden, die Luft, der Turnus von Regen und Sonnenschein im Stich ließen oder auch die Abfolge der Jahreszeiten sich geändert hatte, alles gedieh nur mühsam und kümmerlich. Aber er gab den Mut nicht auf: er dachte, es sei wie bei allem im Leben, was Früchte bringt, eine Sache der Liebe; und er sei eben noch nicht soweit gekommen, die Erde und diese Arbeit voll zu lieben.

Don Antonios Gemüsegarten erinnerte Candido daran, daß er Ländereien besaß. Er besichtigte sie, machte eine Art Inventur: ihre Größe, die Anzahl der Menschen, die darauf arbeiteten, die Bodenkulturen, die Schafe und die Rinder, die darauf weideten. So viel Land und so wenige Menschen, die es bearbeiteten: fast alle waren sie fortgegangen,

nach Belgien, Frankreich, Venezuela; und die wenigen Zurückgebliebenen waren nicht nur wegen ihres Alters, sondern auch durch die Flucht ihrer Kinder in jene entfernten Länder melancholisch geworden. Da ihre Kinder fortgegangen waren, da es unwahrscheinlich war, daß sie wieder zurückkommen würden, was für einen Sinn hatte es dann, daß sie selber noch dablieben und den Boden bebauten?
Candido ersuchte den General um die Erlaubnis, sich um seine Ländereien zu kümmern. Der General gab sie ihm: unter der Bedingung freilich, daß er von ihm kein Geld für Geräte und Maschinen zur Bearbeitung des Bodens verlangen würde. «So, wie es nun einmal läuft», meinte er, «erzielt man noch etwas: doch wenn du dich an Neuerungen wagst, bringst du dich um die Einkünfte und auch noch um die Ländereien.» Candido sagte, er wolle von ihm kein Geld für Arbeitsgeräte zur Bodenverbesserung: er wolle nur hingehen und arbeiten. Um jedoch schneller als mit dem Fahrrad auf die Felder zu kommen, brauche er ein Motorrad. Des Generals Zustimmung kam prompt und war sogar großzügig; er empfahl ihm eines der stärksten Motorräder; vielleicht in der Hoffnung, er würde sich den Hals brechen: unsere, nicht Candidos Folgerung; Candido glaubte ganz einfach, so viel Großzügigkeit seines Vormunds sei eine Belohnung dafür, daß er in der Schule so gut abgeschnitten und nie

Geld über das wenige hinaus verlangt hatte, das er monatlich von ihm erhielt. Im übrigen benutzte Candido das Motorrad mit Vorsicht und machte sich nichts aus Schnelligkeit und Lärm. Er fuhr aufs Land hinaus, hackte seine zwei, drei Stunden und fuhr wieder zurück: ruhig und regelmäßig. Er hatte sich ein Stück Land bei einer Quelle ausgesucht und hatte es gut gerodet und gedüngt; so gut gedüngt, daß alles, was er nachher säte, wie verbrannt aus dem Boden kam. Er arbeitete nach dem Muster dessen, was er in einem Handbuch las, was er Don Antonio tun sah und was ihm die Bauern rieten: und wäre es schon ein halber Mißerfolg gewesen, auf die ersten beiden zu hören, so wurde es durch die Ratschläge der Bauern noch zum ganzen. Den General hatten sie auf diesen Ländereien nie gesehen; darum respektierten sie ihn gewissermaßen und waren ihm zugetan. Die Frauen und ein paar Alte gaben ihm sogar ihre Stimme; die anderen versprachen es ihm zwar feierlich und schworen später, es getan zu haben, doch sie hatten sie der Kommunistischen Partei gegeben. Candido hingegen, der jeden Tag hinkam, verachteten sie. Sie meinten, er wolle sie solcherart ausspionieren, um sie dann quälen zu können. Und sie meinten auch, seine Bodenbestellung, die sie als Zeitvertreib, als Laune ansahen, sei eine Parodie ihrer eigenen Arbeit, eine Verspottung und Verhöhnung. Candido aber glaubte, sie freuten sich, ihn zu sehen und mit ihm zu sprechen; wie er sich freute, bei ihnen zu sein, ihre sprichwörtliche Redeweise, ihre Erzählungen, ihre Gleichnisse zu hören. Er war ihnen auch behilflich, brachte ihnen aus der Stadt, was sie brauchten. Doch nichts war imstande, ihren althergebrachten Haß auf den Grundbesitzer zu mäßigen; ein Haß, der sich wegen des Generals Fernbleiben in den letzten Jahren gelegt hatte, doch nun durch die dauernde Anwesenheit Candidos neuen und kräftigen Auftrieb erhielt. Darüber hinaus kam ihnen Candido fast wie ein Usurpator, ein Dieb vor. Und dies nicht nur, wie stets der Grundbesitzer, in bezug auf sie und ihre Arbeit; sondern auch in bezug auf die Liegenschaften des seligen Advokaten Munafò (ihr unausstehlicher Herr als Lebender, selig als Toter und gerade wegen dieses Todes): Liegenschaften, auf die Candido kein Recht hatte, wenn der bedauernswerte Advokat sein Hinüberwechseln in den Zustand eines Seligen tatsächlich ihm verdankte.

Wie wir schon sagten, spürte Candido nichts vom Haß der Bauern; aber die unangenehme Last, Herr über diese Ländereien zu sein, die spürte er. Warum mußten auch alle diese Ländereien ihm gehören? Wie war es gekommen, daß ein Mensch – sein Großvater oder Urgroßvater –, von dem sie gar nicht oder nur zum geringsten Teil bestellt worden waren, sich zum Herrn über sie gemacht hatte? Und war es recht, sie zu erhalten, wie er sie erhalten hatte, und sie für sich zu behalten? Fragen, die er sich und auch den Bauern stellte; und wegen derer ihn die Bauern, wenn sie ihnen gestellt wurden, nur um so mehr haßten. Aber die Antworten, die sie ihm gaben, lauteten ungefähr so: daß man sich die Habe für die Kinder schafft, und daß es recht ist, wenn Kinder und Kindeskinder sie unangetastet an die ganze Abfolge von Nachkommen weitergeben. Und sie dachten wirklich so; aber auf Candido wandten sie es nicht an, der diese Habe, diese Güter durch einen legitimen Anspruch geerbt hatte, der in ihren Augen mit dem echten nichts zu tun hatte: für sie lag er in der Ähnlichkeit, schon fast in der Identität des Sohnes mit dem Vater und darin, daß sich der Sohn innerhalb der Regeln des Vaters bewegte, daß er den Vater nicht verriet, ob der nun im Recht oder im Unrecht gewesen (ja, gerade und erst recht, wenn er im Unrecht gewesen). Und außerdem hatten sie dieses Gerede satt von der Erde für die Bauern, von der Erde für diejenigen, die sie bearbeiten: für diese Luftschlösser waren sie der Kommunistischen Partei gefolgt und folgten ihr immer noch; aber ohne Begeisterung, ohne daran zu glauben und ohne sie zu wollen. «Die Erde ist müde», sagten sie, «und wir sind es noch viel mehr.» Candido dachte, wenn er seine Ländereien den Bauern übereignete – und nahm sich vor, es zu tun, sobald es ihm durch Gesetz erlaubt sei –, würden die Söhne aus der Emigration

zurückkehren und alles, was jetzt brachlag und Unkraut und Gestrüpp ausgeliefert war, würde wieder sauber und geordnet und produktiv werden. Aber als er es eines Tages den Bauern sagte, mußte er hören, daß ihre Kinder wohl zurückkehren würden, doch einzig und allein, um das Land zu verkaufen und sich wieder dorthin zu begeben, wo sie jetzt waren. Und sie sagten es ihm mit einer gewissen Verachtung: für ihn, für die Ländereien.
Candido war darob enttäuscht, verlor seine Begeisterung, merkte, daß in seinem Vorsatz, den Bauern spielen zu wollen, etwas Lächerliches lag. Diese Art Arbeit gefiel ihm, verschaffte ihm eine gesunde Müdigkeit, einen gesunden Hunger, einen gesunden Schlaf; doch über das Empfinden hinaus, lächerlich zu sein, beunruhigte ihn jetzt auch die Tatsache, daß er dies in der Art eines Privilegs genoß: das alte Herrenprivileg, das vorher in den Erträgen und nun in dem fast sportlichen Vergnügen bestand, ein Stück Land als Gemüsegarten ungeschickt zu bebauen.
Er und Don Antonio sprachen lange darüber. Sie wollten sich nicht mit ihrer Niederlage abfinden. Und noch bevor es zu einer endgültigen Niederlage kam, hatte Don Antonio den Einfall mit der Wallfahrt nach Lourdes. «Du wirst sehen, wieviel Gutes uns daraus erwachsen wird», sagte er geheimnisvoll: als spräche er von einer Entgiftungs- oder Erholungskur.

Über Candidos und Don Antonios Fahrt nach Lourdes; und über das Gute, das ihnen beiden daraus erwuchs.

Don Antonio war schon einmal in Lourdes gewesen: im Sommer 1939, knapp vor Kriegsausbruch. Damals hatte er Candidos jetziges Alter gehabt. Nach fast zwanzig Jahren wieder dorthin zurückzukehren, war also für ihn so etwas wie eine Verdoppelung der Eindrücke: zum einen diejenigen, die er als Fünfzehnjähriger bekommen hatte und die er nun durch Candido in gewissem Sinne wiedererlebte, zum andern diejenigen, die er jetzt bekommen würde. Nur daß er damals ein Seminarist voller Angst und Scham gewesen war, die Sünde betreffend, sowie voller Pusteln, die ihn glauben ließen, was er glaubte, daß sie der Sünde Zeichen seien, und zudem von einer Madonnenverehrung ergriffen, der er sich ganz hingab, um sich von der Sünde reinzuwaschen; während Candido sich ganz und gar gegen den Gedanken sträubte, es könnte außer der Lüge und der Absicht, anderen Leid und Demütigung zuzufügen, noch weitere Sünden geben, und keinerlei Verehrung für die Bilder der

Madonna und der Heiligen empfand, die nicht gut gemalt oder gemeißelt waren – wobei es sich nicht einmal um Verehrung, sondern um Bewunderung und Wohlgefallen handelte.

Don Antonio, obwohl von Candido mehrmals dazu aufgefordert, wollte nie etwas über seine damaligen Eindrücke sagen: die, und das können wir nun sagen, recht befreiend gewesen waren, was die fixe Idee des Sündigens und die nicht minder fixe Idee der Madonnenverehrung betraf; und daraus war all das an Erfahrung und Klugheit erwachsen, was ihn vom Kaplan zum Pfarrer, vom Pfarrer zum Erzpriester, also binnen kurzem zu einer Karriere verholfen hatte, die ihm nun jäh verschlossen war. Und wir können auch noch hinzufügen, daß Don Antonio diese erneute Reise nach Lourdes in der Absicht unternahm, eine weitere und endgültige Befreiung daraus zu gewinnen.

Sie verließen Palermo an einem Nachmittag mit schrecklichem Schirokko. Wegen der Verspätung ihres Zuges nach Palermo erreichten Don Antonio und Candido den Sonderzug nach Lourdes erst im letzten Augenblick, als er schon abfahrbereit dastand. Von der Frau, die anscheinend die Fahrt leitete, und dem Priester, der ihr assistierte, wurde ihnen die Verspätung zum Vorwurf gemacht, besonders Candido, der wegen seiner Funktion als Krankenträger mindestens zwei Stunden vorher hätte da sein müssen; doch der Vorwurf, hart in der

Substanz, war in Klang und Wahl der Worte barmherzig, fast flehend. Das irritierte Candido. Wäre Don Antonio nicht dabeigewesen, wäre er vielleicht wieder nach Hause gefahren. Vielleicht: denn der Wunsch, diese Reise zu unternehmen – seine erste überhaupt –, war wie ein Fieber in ihm: des Verlangens, der Verträumtheit, des leichten Wahns.
Als er durch den ersten Wagen ging, war er nochmals irritiert: die an die Sitzplätze gelehnten Krükken, die leidenden Gesichter, die sich ihm zuwandten, die blicklosen Augen. Doch diese Irritation ließ in ihm keine Reue darüber aufkommen, daß er diese Reise angetreten hatte, vielmehr ein Staunen und eine Bewunderung für das Vermögen, so viel menschliches Gebrechen zu einem Transport der Hoffnung zu versammeln und zu organisieren. In dieser Summierung von Leid, in dieser Organisation und Zurschaustellung körperlichen Gebrechens lag etwas Abstoßendes und Grandioses zugleich. Und in jenem ersten Augenblick empfand Candido das Grandiose, während Don Antonio sichtlich vom Abstoßenden ergriffen wurde; Abstoßendes, das bei der ersten Fahrt nur gerade ein wenig zutage getreten war und sich sodann in Gedächtnis und Gedanken entfaltet hatte: und sich jetzt voll bestätigte. Und nicht wegen dieser Körper, dieser Wunden, dieser wäßrigen und weißen Augen, dieses Geifers; sondern wegen dieser organisierten, verfrachteten Hoffnung.

Während der beiden Tage, die es dauerte, um nach Lourdes zu kommen, schwanden Candidos Staunen und Bewunderung, und das Abstoßende trat an ihre Stelle. Er unterhielt sich über andere Dinge mit Don Antonio; und Don Antonio mit ihm. Nur einmal konnte sich Candido doch nicht zurückhalten und meinte: «Wäre ich Gott, ich fühlte mich durch all dies beleidigt»; und Don Antonio nickte dazu und lächelte müde. Doch als Ausgleich zum Abstoßenden war in Candido – und man erkannte es auch an den andern Krankenträgern, den Helferinnen, den Schwestern, den Geistlichen – noch so etwas wie eine aufsteigende physische Exaltation, eine Euphorie, fast eine Lobpreisung der Gesundheit, der Appetite, der Wünsche. Die Mädchen und Frauen aus guter Familie, die sich als Helferinnen betätigten und in den ersten Stunden der Fahrt in der freiwilligen Selbstkasteiung ihres gewohnten tagtäglichen Lebens, in der Kasteiung ihrer Körper erstarrt und gefangen schienen, wurden beim Einbruch der Nacht von einer Gelöstheit, einer ungebremsten Vitalität, einer aufbrechenden, überschwenglichen Fleischlichkeit ergriffen: daß sogar die Häßlichen schön aussahen. Und den gleichen oder einen ähnlichen Eindruck mußten die Krankenträger und Geistlichen auf die Helferinnen und Schwestern machen, in Anbetracht des vor freudigem Verlangen bebenden, schier gutturalen Klangs der Worte, die sie an jene richteten, der leuchtenden, auf ungewisse Art ekstatischen Blicke. Und es kam etwas, das geschehen mußte, das nicht ausbleiben konnte in diesem fast zum manichäischen Universum Krankheit, Gesundheit gewordenen Zug, nämlich das, was Candido während der zweiten Nacht widerfuhr. Denn als er, wie schon in der ersten, im Morgengrauen erwachte und in den Gang hinaustrat, da fühlte er eine Helferin, die an ihm vorbeikam, bei einem unvermittelten Ruck des Zuges auf sich lasten, als sei die Wand, an die er sich stützte, Fußboden geworden. Unwillkürlich streckte er die Arme aus, sie am Fallen zu hindern, sie auf sich festzuhalten: und es war, als bliebe der Zug an diese brüske Bewegung, an diesen Schwebezustand angepaßt. Er fühlte sich über der Kleidung betastet, dann unter der Kleidung gierig gesucht: und wußte nie, war es einen Augenblick vorher oder einen Augenblick nachher oder im selben Augenblick, als er ihren Körper über dem Kleid zu modellieren, sie zu betasten, sie zu suchen begonnen hatte. Ob der Intensität, mit der seine Hände fühlten, hatte er blitzartig den Eindruck, er wäre blind: und es zeichnete sich dieser Körper allein durch die Signale, die das Tastgefühl weitergab, ganz deutlich in seinem Kopf. Sie küßten sich lange. Dann spürte und sah Candido, sah in seiner tiefen und überaus süßen Blindheit sich selbst und die ganze Welt zu einer Sphäre von flüssigen Spektralfarben, von Musik werden.

Das Mädchen löste sich von ihm, entfernte sich lautlos durch den dämmrigen Gang. Bevor sie entschwand, drehte sie sich um: und so war Candido imstande, sie am Morgen wiederzuerkennen. Schön war sie nicht, doch konnte man sie auch nicht als häßlich bezeichnen. Hätte diese Reise nur länger gedauert, sie wäre für Candido wunderschön geworden. Doch in den Stunden, die jetzt noch verblieben, sowie bei der Rückfahrt ging ihr Blick mit einer Indifferenz über Candido hinweg, daß er schier glauben konnte, er habe sich getäuscht und mit einer anderen diesen Liebesaugenblick erlebt. Don Antonio tröstete ihn, nicht weil er das Mädchen kannte: er kannte die Welt der katholischen Wohltätigkeit und als deren Bestandteil ebenso diese Begebenheiten flüchtiger Liebe und Sünde, dem Öffnen und Schließen jener Blume vergleichbar, die man Wunderblume, auch Nachtschönchen nennt.
Von der Reise nach Lourdes, im übrigen trist und traurig, blieb in Candido diese Freude, diese Entdeckung, dieses Wunder. Ja, er war im ganzen Zug der einzige, an dem ein Wunder geschah. Don Antonio hatte die Reise freilich als Impfung für Candido hinsichtlich des Katholizismus vorgesehen; und für sich selbst als Gruß, Abschied, Adieu. Trotz der Variante, die Candido widerfahren, war die Bilanz immerhin aktiv: Candido konnte sich als geimpft wie auch als immun betrachten – und er als völlig geheilt, losgelöst und frei.

Über Candidos Liebe zu den Frauen und zu einer Frau; und über das, was Don Antonio ihm diesbezüglich sagte.

Aus Lourdes zurückgekehrt, war Don Antonio kein Priester mehr. Candido sollte ihn einfach Antonio nennen, aber Candido entschlüpfte doch hie und da noch das Don (und uns ebenso). Er war fröhlicher geworden, unbeschwerter, geistreicher; in dem Maße, daß er denjenigen als zynisch und blasphemisch erschien, die nicht geistreich waren. «Ich bin zynisch gewesen, ich bin blasphemisch gewesen: jetzt, da ich es nicht mehr bin, werfen sie mir diese Untugenden vor», sagte er. Und er erklärte des öfteren, sehr fromm geworden zu sein. Als Bestätigung dieser seiner endlich erlangten Frömmigkeit führte er das Wachsen und Gedeihen in seinem Gemüsegarten an: jetzt empfand er die Erde wie einen lebendigen Menschen, sie sprach auf seine große Liebe an. Candido war nicht so sehr davon überzeugt: die Erde sprach auf eine Bearbeitung mit größerer Erfahrung und Sorgfalt an. Doch er konnte sich den Gedanken nicht versagen, daß das, was Don Antonio von der Erde sagte, auch für die Frau, die Frauen anzuwenden sei: im Zug nach Lourdes hatte er den Beweis dafür bekommen, daß Liebe auf Liebe anspricht. Und da er diese Erfahrung wie einen Traum entschwinden, Tag für Tag undeutlicher, verschwommener werden fühlte, wollte er sie wiederholen, dachte an nichts anderes als sie zu wiederholen, festzuhalten, zu bekräftigen; und zu vervollständigen. Er sprach darüber mit Don Antonio, weil er es gewohnt war, mit ihm über alles und jedes in aller Offenheit, ohne Vorbehalt und Rückhalt zu sprechen.

«Weißt du», erwiderte Don Antonio, «die Frauen sind Teil meiner priesterlichen Vergangenheit. Um sie wirklich zu lieben oder um eine zu lieben, müßte ich mich von dieser Vergangenheit befreien. Sie ist eine lange Krankheit gewesen; und jetzt befinde ich mich in der Genesung. Leicht ist es, wie in einer Schießbude alle Dogmen, Trugbilder und Symbole zu Fall zu bringen, die Teil meines Lebens gewesen sind: dazu genügt schon, wie ich meine, die leichte Waffe des *Dictionnaire* von Voltaire, wenn man keinen Schleier vor Augen hat. Doch diese Dogmen, Trugbilder, Symbole, die du meinst, zu Fall gebracht zu haben, sammeln und verstecken sich alle im Frauenkörper, im Liebesbegriff oder ganz einfach im Liebesakt. Ich fühle mich mit jedem Ding und jedem Gedanken so sehr in der Wahrheit, daß ich zuweilen meine, die Schwelle des Geheimnisses, des Mysteriums überschritten

zu haben: daß es also kein Geheimnis, kein Mysterium gibt; daß alles in uns und außerhalb von uns einfach ist. Aber in dieser Einfachheit oder nur an deren Grenze zu lieben oder den Liebesakt zu vollziehen, scheint mir nicht möglich und würde mir auch nicht gefallen. Und so sehr man auch der Freiheit entgegenlaufen mag, ich glaube, daß die Kirche, daß die Kirchen, die es gibt und noch geben wird, hier im Vorteil bleiben werden. Von den Paulusbriefen bis zu *De l'Amour* von Stendhal bewegt sich der Diskurs auf derselben sengenden Schneide: die Hölle im Jenseits, die Hölle im Diesseits; und es ist ein wunderschöner Diskurs.
«Aber die Liebe ist einfach», sagte Candido.
«Nicht für mich», sagte Don Antonio. «Die Hölle der Liebe ist für mich immer noch das Paradies.»
Die Einfachheit der Liebe, irdisches Paradies ohne göttliche Verbote und teuflische Versuchungen, konnte Candido von neuem erfahren: doch diesmal an der Grenze zur Hölle eines anderen.
Wir haben es bislang zu sagen verabsäumt, daß der General, Witwer schon vor dem Spanienkrieg, eine Frau bei sich hatte, die sein Haus besorgte und deshalb *die Haushälterin* hieß. Nicht immer dieselbe: seit 1939 hatte er vier- oder fünfmal gewechselt, die eine immer jünger als die andere, und zwar in dem Maße, je älter er selber wurde: so daß man die letzte im Amte als blutjung bezeichnen konnte. Es gab sie schon seit ein paar Jahren. Vorbildlich in der

Haushaltsführung, sogar die beste, die der General jemals gehabt hatte: dies der Aussage des Generals gemäß sowie aus dem Haß zu schließen, den Concetta auf sie zu haben keineswegs verbarg. Eingestehen zu müssen, daß «die» (so nannte sie Concetta) es verstand, das Haus in einer von ihr nicht gekannten Sauberkeit und Ordnung zu halten, gut zu kochen (und das konnte man aus den Düften schließen, die aus der Küche drangen) und den General stets mit gutgebügelten Hemden zu versorgen, war für Concetta eine Qual, die allein durch die für sie absolut sichere Tatsache kompensiert wurde, daß «die» aus einem jener unnennbaren Häuser kam, die der Gesetzgeber abgeschafft hatte. Für sie gab es keinen Zweifel, daß «die» mit dem General ins Bett ging. Ein Zweifel, den, um der Wahrheit willen, auch niemand hegte, der den General kannte und die Haushälterin gesehen hatte. Außer Candido, der Concettas Andeutungen nie beachtete. Fast zwei Jahre lang war die Haushälterin für ihn so gut wie unsichtbar gewesen: einer von den Menschen, die schließlich Gegenständen gleichgestellt werden, die da sind, doch deren Anblick schon so gewohnt ist, daß man sie gar nicht mehr sieht; und die zu existieren beginnen, wenn sie nicht mehr da sind. Im übrigen legte sie allem Anschein nach Wert darauf, nicht beachtet zu werden: sie kleidete sich unauffällig, sagte kaum etwas, zog sich zurück, wenn der General Besuch hatte.

Wäre Candido plötzlich gefragt worden, ob sie blutjung oder mittleren Alters, blond oder schwarz, füllig oder mager sei, er hätte keine Antwort gewußt. Bis zu jenem Sommernachmittag, als ihm bei der Lektüre von Marx auf der Buchseite ihre graublauen Augen, eine blonde Haarsträhne, die Linie ihres Mundes, die Konturen von der Brust bis zur biegsamen Taille erschienen: wie ein eben erst begonnenes Bild, das auf seine Vervollständigung wartete.

Er schloß das Buch, erhob sich, verließ seine Wohnung, und ging in das Haus seines Großvaters, das er seit Monaten nicht mehr betreten hatte: das Bild, das ihm erschienen, in Augenschein zu nehmen und zu vervollständigen. Und so gefangen war er von dem Bild, daß es ihm keinen Augenblick in den Sinn kam, an den General zu denken, seine Abwesenheit in Rechnung zu stellen (zu fünfzig Prozent für gewöhnlich; doch im Sommer ob der Parlamentsferien zu fünfundzwanzig Prozent).

Der General war in Rom, sie sagte es gleich, als Candido hereinkam. Sie war ein wenig verschlafen, ihre Hände waren langsam und unsicher, während sie den hellblauen Morgenrock band. Sie fragte ihn nicht, was er wünschte: sie ging auf den Salon zu und Candido hinter ihr, und er ließ seinen Blick zärtlich über ihren Körper gleiten, der sich unter dem dünnen Stoff abzeichnete und durch ihn hindurchschien, verfolgte ihre Bewegungen, die vom

Schreiten bis zum Heben der Hände, sich das Haar zu richten, wie der langsame Beginn eines Tanzes waren.

Im fast dunklen Salon drehte sie sich um und sah ihn an: ihre Augen lachten, auch wenn ihr Mund wie schmollend wirkte. Aus der Tasche des Morgenrocks zog sie ein Taschentuch, fuhr sich damit leicht über ihre Lippen, ihre Lider. Es glitt ihr aus der Hand; oder sie ließ es entgleiten. Es schwebte hinab auf den Teppich. «Candide hob es auf. Voller Unschuld ergriff sie seine Hand, voller Unschuld und mit ganz besonderer Lebhaftigkeit, Sensibilität und Anmut küßte er ihre Hand; ihre Lippen begegneten sich, ihre Augen leuchteten, ihre Knie bebten, ihre Hände verloren sich.»

Anders als sein Namensvetter, dessen Geschicke und Mißgeschicke aus den Druckpressen Lamberts genau vor zwei Jahrhunderten hervorgegangen waren, hatte Candido an diesem Tag einen langen, vollen, ruhigen Genuß. Genuß, der lange, voll und ruhig von Paola geteilt wurde. Und ebenso die Tage danach, die Monate danach: fast ein ganzes Jahr sollte vergehen, bis der General, aufmerksam gemacht durch einen anonymen Brief, sie überraschte.

*Über Candidos und Don Antonios Kommunismus;
und über die Reden, die sie miteinander und mit
den Genossen führten.*

Candido las also Marx. Vorher hatte er Gramsci,
dann Lenin gelesen; und jetzt las er Marx. Marx
langweilte ihn, doch er hatte ihn sich nun einmal
vorgenommen. Die Bücher von Gramsci hingegen
hatte er mit großem Interesse gelesen; und auch mit
Anteilnahme, weil er sich vorstellte, wie dieser
kleine, schmächtige, kranke Mann Bücher verschlang und Gedanken notierte: und solcherart das
Gefängnis und den Faschismus besiegt hatte, der
ihn darin gefangenhielt. Er sah ihn förmlich vor
sich, sah die Gefängniszelle, den Tisch, das Heft,
die schreibende Hand; und hörte das Schaben der
Feder auf dem Papier. Mit Don Antonio sprach er
oft über Gramsci und darüber, was er von Gramsci
gerade gelesen hatte; doch Don Antonio mochte
Gramsci nicht besonders, er sah auf den Seiten jener *Hefte* einen schleichenden Fehler, einen Bruch.
Die italienischen Katholiken: wo hatte Gramsci sie
denn gesehen? Sonntags, bei der Zwölfuhrmesse:
sonst gab es sie ja nicht. Sie waren eine Ohnmacht,

und Gramsci hatte damit begonnen, sie zu einer Macht werden zu lassen: in der Geschichte Italiens, in der Zukunft des Landes. «Hoffen wir, daß der Irrtum nicht weiter um sich greift, daß die Kluft sich nicht vertieft», sagte er. Candido aber meinte, Don Antonio hätte für dieses Problem keinen genügend klaren Blick. Von seinem verflossenen Priestertum sei zu viel an Enttäuschung, Verbitterung in ihm zurückgeblieben; und das, was er gewesen, wirkte wohl ein wenig zu sehr auf das, was er jetzt sein wolle.

Auch Lenin hatte ihn gelangweilt, aber anders und bei weitem nicht so sehr wie Marx. Lenin war ihm wie ein Zimmermann erschienen, der sich oben auf einem Gerüst damit abgerackert hatte, immer auf dieselben Nägel zu schlagen; und dessen ganze Mühe es nicht hatte verhindern können, daß ein paar Nägel dann falsch oder auch krumm eingeschlagen waren.

Er hatte die Seiten Lenins wie den Lärm einer Baustelle hinter sich gelassen; und war an die Seiten von Marx ganz so herangetreten wie einer, der zuerst die Baustelle besichtigt und dann das Arbeitszimmer dessen betrit, der die Leitung hat. Und wie es nicht allen leichtfällt, ja, den meisten sogar schwerfällt, die Pläne und Grundrisse zu lesen, die dort aufgehängt und ausgebreitet sind, so schien es auch Candido, als bewege er sich in den Seiten von Marx, ohne sie lesen zu können. Und dieser Eindruck,

dieses Unbehagen hielt so lange an, bis er alles von Marx gelesen, was er gefunden, und dann noch einmal das *Kommunistische Manifest* gelesen hatte. Dann wurde ihm klar, daß er vieles vielleicht wirklich nicht hatte lesen können, anderes aber gerade deshalb nicht verstanden hatte, weil er es verstanden hatte: nämlich, weil er sich zu glauben geweigert hatte, daß Marx eben jenes hatte sagen wollen. Als in der Schule Machiavelli durchgenommen worden war, hatte es ihn insofern sehr beeindruckt, als es ihn an Machiavellis Intelligenz zweifeln ließ, der imstande gewesen war, an eine Zukunft zu glauben, in der man die Feuerwaffen abschaffen und zu den Handwaffen zurückkehren würde. Und was Marx zu dieser großen und einfachen Wahrheit des Kapitals, zum Kapitalismus, zu dieser großen und einfachen Entdeckung anführte, schien ihm von der gleichen Art zu sein wie Machiavellis Voraussage hinsichtlich der Rückkehr zu den Handwaffen. Konnte man denn nicht auch schon damals erkennen, fragte sich Candido, daß der Kapitalismus die Wahl wie zwischen Handwaffen und Feuerwaffen haben würde? Und wie nicht begreifen, daß er sich an die Feuerwaffen halten und diese immer todbringender gestalten würde?
Ein Gedanke – Verdacht und Frage –, den er sich fürchtete und scheute, sogar allein Don Antonio gegenüber während der Gespräche zu äußern, die sie stets über ihr Kommunistischsein, über die

Texte des Kommunismus miteinander führten. Kommunist zu sein war für Candido eine ebenso einfache Sache wie Durst zu haben und trinken wollen; und schließlich waren ihm die Texte nicht so wichtig. Für Don Antonio war es eine sehr komplizierte, sehr subtile Angelegenheit, völlig präzisiert in einem Apparat von Texthinweisen und Kommentaren. Gewisse Behauptungen, die Candido entfuhren, konnte er sich dann selbst nicht recht erklären; noch viel weniger war er in der Lage, sie Don Antonio als Theoreme vorzulegen. Und sobald er den Eindruck hatte, daß Don Antonio nicht einverstanden war und ihn zu einem Beweis aufforderte, geschah es also, daß er wie ein bereits Geschlagener klein beigab, auch wenn er sich gar nicht geschlagen fühlte. Als er einmal behauptete, daß Victor Hugo und Zola und auch Gorki *besser seien* als Lenin und Marx, kam Don Antonios fast ärgerlich erstaunte Frage: «Was heißt *sie sind besser*? In welchem Sinn *sind sie besser*?» Und da konnte Candido trotz aller Klarheit seiner Empfindungen nur mit großer Mühe und Not sagen, sie *seien besser*, weil sie über Dinge gesprochen hätten, die es noch gibt, während es doch bei Marx und Lenin so wäre, als sprächen sie von Dingen, die es nicht mehr gibt. «Die sprechen über Dinge, die es gab, und es ist gerade so, als sprächen sie über Dinge, die nachher gekommen sind. Marx und Lenin sprechen über Dinge, die kommen würden, und es ist gerade so, als sprächen sie über Dinge, die es nicht mehr gibt.» Doch Don Antonio gab sich damit nicht zufrieden, stellte eine Frage nach der anderen; und Candido konnte nur zur Antwort geben, daß er, hätte er nur Marx und Lenin gelesen, ein Kommunist lediglich wie auf einer Art Maskenball wäre: gekleidet wie zu Marxens, wie zu Lenins Zeiten. Diese Antwort schien Don Antonio von einer Verwirrung herzurühren, in die Candido geraten war; doch mehr konnte Candido auch nicht sagen, um Don Antonio klarzumachen, was er selber ganz klar sah.

Kommunist sein war demnach für Candido eine fast natürliche Angelegenheit: der Kapitalismus trieb den Menschen zur Auflösung, zum Ende; der Selbsterhaltungstrieb, der Überlebenswille, sie hatten im Kommunismus ihren Ausdruck gefunden. Der Kommunismus war also etwas, das mit der Liebe, auch mit dem Liebesakt zusammenhing: in Paolas Bett im Hause des Generals. Don Antonio verstand dies und billigte es auch im großen und ganzen; doch was ihn selbst und seinen Kommunismus betraf, hatte er eine andere Einstellung. «Ein Priester, der kein Priester mehr ist», sagte er, «heiratet oder wird Kommunist. Auf die eine oder andere Art muß er auf der Seite der Hoffnung bleiben: doch auf die eine oder die andere Art, nicht auf beide Arten.» Candido verstand nicht. Und Don Antonio erklärte: «Wer kein Priester gewesen ist, kann eine Familie haben und Kommunist sein. Man kann sogar glauben, daß die Familie ein Grund mehr ist, es zu sein. Ich sage, man kann glauben: denn tatsächlich wird am Ende die Familie unweigerlich mehr Neigung zum Konservativen als zum Revolutionären haben. Aber einer, der Priester war und es nicht mehr ist, weil er gemerkt hat, daß ihn sein Amt darauf beschränkt, als Toter andere Tote zu begraben, und der Kommunist geworden ist, kann nicht noch einmal das Risiko eingehen, schließlich nur bewahren zu wollen. Dann hätte er ebensogut Priester bleiben können. Das Zölibat, das die Kirche den Priestern weiterhin auferlegt, ist das einzige revolutionäre Überbleibsel, wenn auch inzwischen ein ausschließlich formales, das es in der Kirche noch gibt.» Candido verstand immer noch nicht. Oder, besser, wollte immer noch nicht verstehen; denn zuweilen befiel ihn die Sorge, Don Antonio sei im Begriffe, von einer Kirche zur anderen überzuwechseln. Und einmal sagte er es ihm auch: und machte ihn damit sehr unruhig und nachdenklich.

Sie wollten in die Partei eintreten; doch die Partei, und insbesondere der Abgeordnete di Sales, schien nicht geneigt, sie aufzunehmen. Wäre Don Antonio einer jener Priester gewesen, die nach einer langen oder aufsehenerregenden Auseinandersetzung mit den Behörden der Kirche dieser den Rücken gekehrt hätte, sein Eintritt in die Partei wäre wie

ein wichtiges Ereignis begrüßt worden. Doch er hatte die Kirche verlassen, nachdem er abgesetzt worden war, nachdem er die Absetzung hingenommen hatte, schweigend. Und populär war er auch nicht: weil er jenen armen Anwalt ins Gefängnis gebracht, der um der Ehre seiner Tochter und seiner Familie willen einen Priester übelster Sorte getötet hatte (also nach Ansicht der meisten Leute einen Priester wie alle anderen und wie auch Don Antonio). Bei Candido gab es ein ganzes Register von Gründen, die es für unangebracht erscheinen ließen, ihn in die Partei aufzunehmen; dazu noch, daß seine Mutter mit dem amerikanischen Offizier weggegangen war, der die ganze Stadt kommandiert und Faschisten und Leute der Mafia protegiert hatte, daß er der Enkel eines faschistischen Generals, nun christdemokratischer Abgeordneter, war und daß er reich war. Nicht so reich wie der Abgeordnete di Sales, aber immerhin reich. Darum wurden ihre Aufnahmegesuche bei der Partei auf die lange Bank geschoben; und man gab ihnen erst statt, als die Partei (das heißt, der Abgeordnete di Sales) sah, daß sich eine Menge junger Kommunisten, Studenten und Handwerker um Don Antonio und Candido versammelten.
Fast allabendlich trafen sich diese jungen Menschen in Don Antonios Haus. Es hatte damit begonnen, daß Candido eines Abends einen Schulkameraden zu Don Antonio mitgebracht hatte, den einzigen,

mit dem er befreundet war: arm, intelligent und Kommunist. Und dies war das erste Glied einer ganzen Kette von Freundschaft und Solidarität, die Don Antonio mit herzlicher Spontaneität, nicht nur mit der Geschicklichkeit des gewesenen Erzpriesters zu pflegen und auszudehnen verstand. Um sich seinen Lebensunterhalt zu verdienen, gab Don Antonio Privatunterricht und war diesen jungen Leuten bei ihrer Dissertation (italienische Literatur, lateinische Literatur, Philosophie) behilflich, da sie ja gar nicht wußten, wie sie so eine Arbeit anpacken sollten; abends pflegte er dann mit den jungen Kommunisten jene Konversation, die eine Art Schule war. Dieses beunruhigte den Abgeordneten di Sales; andererseits übten die jungen Menschen einen gewissen Druck aus, damit man Don Antonio und Candido in die Partei aufnehmen solle. So entschloß er sich zu deren Aufnahme, beauftragte jedoch gleichzeitig seine Getreuesten, die beiden zu überwachen und sie beim ersten Anzeichen von Abweichlertum unter Anklage zu stellen. Er verlangte, daß Don Antonio die abendlichen Zusammenkünfte von seinem Haus in das Parteilokal verlegte; so wurde das Parteilokal fast zu einer Abendschule, in der ungezwungen über Marxismus und Psychoanalyse, über die Verhältnisse auf der Welt und im Lande gesprochen wurde.

Aber das konnte nicht von Dauer sein. Und war auch nicht von Dauer.

Über des Generals Zorn auf Candido und Paola; sowie über Paolas Einzug in Candidos Haus und die darauffolgende Flucht Concettas.

Wie schon gesagt, unterrichtete ein anonymer Brief den General davon, daß die Haushälterin und sein Enkel «während seiner Abwesenheit miteinander Beischlaf pflegten». Genauso war der Wortlaut; und hätte der General nur einen Augenblick überlegt, wäre er, wie fast alle Einwohner der Stadt, wenn sie diesen Brief gesehen hätten, auch imstande gewesen, den Schreiber zu erraten: den Gemeindeangestellten Scalabrino, eifriger Boccaccio-Leser und nicht minder eifriger und stets anonymer Beurkunder sexueller wie administrativer Verfehlungen. Doch kaum hatte der General den Brief gelesen, war er zu keiner Überlegung mehr imstande: gewaltig hin- und hergerissen zwischen dem Verlangen, nicht zu glauben oder zu ignorieren, und dem Verlangen, zu wissen. Letzteres überwog zu seinem Schaden: er überraschte Candido und Paola, wie sie «Beischlaf pflegten». Er hieß Candido einen Lumpen und Paola eine Nutte, schrie, er werde sie umbringen, rannte aus dem

Zimmer und schrie, sie würden den Tod verdienen und den Tod bekommen. Paola und Candido dachten, er wäre hinausgerannt, um ein Gewehr oder eine Pistole von der Trophäenwand zu holen, und würde zurückkehren, um sie zu erschießen. Aber sie hatten Zeit, sich anzuziehen, denn der General erschien nicht. Zu hören war er auch nicht. Sie fürchteten sich noch mehr, als wenn er bewaffnet zurückgekehrt wäre. Vorsichtig und leise machten sie sich auf die Suche.
Der General saß im Empfangszimmer: regungslos auf einem Sessel, die Augen erloschen. Ohne sich dabei zu bewegen, sagte er: «Raus! Verschwindet augenblicklich: und kommt mir nie wieder unter die Augen!» Candido war schmerzlich berührt, Paola weniger. Sie verließen das Haus, Paola im Morgenrock, wie sie war. Wäre Scalabrino in der Nähe gewesen, um zu spionieren, er hätte die Befriedigung gehabt, die Auswirkung seines Briefes zu Protokoll nehmen zu können. Aber wenn auch Scalabrino nicht zugegen war und die Straßen zu dieser Stunde verlassen aussahen, so gab es doch viele unsichtbare Zuschauer dieses Auszugs. Und ebenso jenes anderen, umgekehrten: Concettas Auszug aus Candidos Haus, eine Stunde später. Denn als Concetta, zusammen mit Candido, «jene» erscheinen sah, beide bleich und «jene», die zu «dieser da» wurde, im Morgenrock, überkam sie eine ungewisse Ahnung und sodann die Bestätigung des

Vorgefallenen. Auf Candidos entschiedene Mitteilung hin, daß Paola gekommen sei, um zu bleiben, stieß Concetta einen markerschütternden Schrei aus, schlug ein Kreuz und verkündete immer noch schreiend, daß sie nicht bleiben könne, wo «die da» sei: riß ihre Kleider aus den Schränken, bündelte sie, schulterte sie wütend und ging auf und davon, wobei sie die Treppen hinab und bis zum Tor lauthals über «diese da», Candido und den Erzpriester herzog: verdammte Seelen alle drei. Und begab sich in des Generals Haus, als sei es ganz und gar richtig und selbstverständlich für sie, sich dorthin zu begeben, und für den General, sie aufzunehmen. Über Stunden hinweg sprachen sie kein Wort; die danach ausgesprochene Einladung des Generals, im Zimmer «jener» zu schlafen, lehnte Concetta entrüstet ab und meinte, sie schlafe lieber in der kleinsten Kammer als in dem mit Bequemlichkeiten ausgestatteten und von «jener» mit der Sünde infizierten Zimmer: und öffnete nun allem, was in ihr gärte, die Schleusen. Haß auf «jene» und den ehemaligen Erzpriester, beide zur gleichen Verdammnis verurteilt: dieser, ob der Versuchung und Verführung von Candidos Geist, jene von Candidos Körper; Reue, den General betreffend: daß sie ihm ihre Stimme nicht gegeben und nicht auf ihn gehört, als er gesagt hatte, der damalige Erzpriester wäre schon ein Lump gewesen, bevor er abgesetzt wurde und den Priesterstand verließ; Mitleid für

Candido: nunmehr verdorben und verloren; und Bedauern für sich und den General: schändlich hintergangen von diesen beiden Subjekten, die mittlerweile in den Abgrund der Bestialität gefallen waren (Candido allerdings durch Verschulden «jener»). Alle beide hatte man sie hintergangen, den General freilich verdientermaßen, sie unverdientermaßen, wollte man ehrlich sein. «Wie kann sich nur ein Mann wie Sie eine Frau wie die ins Haus nehmen?» Der General reagierte, aber schwach. «Fangen wir nicht damit an: Vorwürfe mache ich mir selber. Das reicht schon ... Geh jetzt ins Bett.»

«Ins Bett?» wunderte sich Concetta. «Wie kann man denn ins Bett gehen, wenn so was geschieht? ... Im Gegenteil, reden müssen wir; reden bis morgen früh.» Und wirklich redeten sie bis zum Morgengrauen. Und solchermaßen begann das neue Leben des Generals.

Was Candido betraf, so hinderte ihn sein Mitleid für den General und das noch viel schmerzlichere für Concetta nicht daran, mit Paola ins Bett zu gehen, die jetzt wie berauscht von Freiheit und Glück war. Bis zum Morgengrauen.

Über die Ermahnungen, die Candido von der Partei bekam; sowie über das Verfahren, das gegen ihn eingeleitet wurde.

Über all das, was sich an jenem Tage in Candidos und des Generals Haus zugetragen hatte, wurde in der Stadt noch lange geredet. Die Dinge wurden gebührend vervollständigt, mit Zweideutigkeiten versehen und böswillig ausgeschmückt. Die einen sagten, der General habe einen Infarkt bekommen, die andern, einen Schlaganfall; Paola erwarte ein Kind, man wisse nicht recht, ob Candidos oder des Generals; die Christdemokratische Partei habe vom General verlangt, sein Abgeordnetenmandat niederzulegen, und die Kommunistische Partei von Candido, aus der Jugendorganisation auszutreten. Und es hieß auch, Paola sei nicht nur des Generals und Candidos, sondern ebenso Don Antonios Geliebte gewesen und sei es noch; was dem von ihr erwarteten Kind drei Väter verschaffte, und es wäre ein wunderschönes Spiel gewesen, die Stadt darüber abstimmen zu lassen, wem auf Grund der Ähnlichkeit die Vaterschaft gebührte.
Außer der Tatsache, daß Paola das Haus des Gene-

rals verlassen und dasjenige Candidos bezogen hatte, beruhte alles andere auf purer Phantasie. Etwas Wahres war an dem, was von der Kommunistischen Partei behauptet wurde: daß sie sich Gedanken machte über den Skandal, den Candido der ganzen Stadt geboten hatte. Ein solcher Skandal kam wiederum der Christdemokratischen Partei zupaß, um sich auf denkbar schmerzlose und aseptische Art und Weise des Generals zu entledigen. Sich seiner zu entledigen hatte man bereits bei den letzten Wahlen versucht, und zwar dadurch, ihn nicht wählen zu lassen: doch hatte es eine unerwartete Häufung von Stimmen auf die Nummer des Generals gegeben; zurückzuführen vielleicht auf die unvorhersehbare Tatsache, daß die Wählerschaft auch weiterhin die Ehrlichkeit zu schätzen wußte. Der General war zwar ein Trottel, aber ehrlich; und für einige gleichermaßen ein Trottel, wie er ehrlich war: um genau zu sein, für diejenigen in der Partei, die ihn loswerden wollten.

Also, die Kommunistische Partei machte sich ernstlich Gedanken. Die jungen Leute, die Candidos und Don Antonios Aufnahmegesuch in die Partei befürwortet hatten, wurden einer nach dem anderen vorgeladen und in aller Strenge zur Ordnung gerufen. Anschließend wurde Don Antonio vorgeladen. Dann Candido. Als Beschuldigte, sich zu rechtfertigen: denn die Partei hatte so etwas wie ein Untersuchungsverfahren eingeleitet.

Don Antonio bekam zwei Anklagen zu hören: Candido nicht von dieser Buhlschaft, diesem Liebeshändel, diesem Verhältnis abgehalten zu haben, das so ungeziemend war, schon fast an Blutschande zu rühren; und daß auch er selber, einigen in der Stadt kursierenden Stimmen zufolge, Geliebter dieser Frau sei. Die zweite Anklage erschütterte ihn zutiefst: die Empörung darüber nahm ihm den Atem, daß ihm schier übel wurde, und zugleich überkam ihn ein schmerzliches Mitleid für diejenigen, die dieses Gerücht in Umlauf gesetzt, und diejenigen, die nun Rechenschaft von ihm forderten. Wäre es ihm möglich gewesen, so hätte er sich zurückgezogen und gebetet: noch glaubte er nämlich an Gott und noch betete er. Vor jenen Richtern jedoch errötete er, seine Augen füllten sich mit Tränen, er stotterte: in deren Augen verhielt er sich also wie ein Schuldiger. Zur ersten Beschuldigung sagte er, daß er nicht unterscheiden könne zwischen einer Liebe und einer Buhlschaft; es sei denn, man wolle als Buhlschaft bezeichnen, was man vorher ohne Empörung gesehen und nur spöttisch belächelt hatte: daß ein Alter sich eine Junge im Lohnverhältnis hielt. Daß aber eine junge Frau und ein junger Mann sich gegenseitig angezogen fühlten, liebten und auch zusammen ins Bett gingen, sei in der Ordnung und Harmonie des Lebens; und es sei auch ihre eigene Angelegenheit, die zu beurteilen oder zu verurteilen kein Fremder das Recht habe.

Hieraus nun entstand eine Diskussion, die von den Richtern schließlich kategorisch und definitiv mit der Entgegnung abgebrochen wurde, daß die Partei ein unbedingtes Recht zum Eingreifen auch dann habe, wenn die private Lebensweise eines Mitglieds zu unbegründeter Nachrede Anlaß gebe; und erst recht angesichts absolut begründeter Skandale wie bei Candido.

Als seinerseits Candido an die Reihe kam, sich dem Verhör zu unterziehen und zu rechtfertigen, sagte er, es sei ihm nie eingefallen, daß Paola seinem Großvater etwas anderes als Haushälterin gewesen sein könne; und auch jetzt, da man versuche, ihm den Verdacht einzureden, sie sei dessen Geliebte gewesen, denke er nicht daran, sie danach zu fragen. Es seien dies Dinge, die nur sie selbst und ihre Vergangenheit beträfen: Liebe, wenn es Liebe gewesen; Schande, wenn es Schande gewesen; und wenn es Schande gewesen sei, habe er um so mehr die Pflicht, sie diese vergessen zu lassen, und kein Recht, Nachforschungen anzustellen.

Sie fragten ihn, ob er einverstanden sei, sich von «jener» zu trennen (auch für sie, wie für Concetta, war sie «jene»). Er antwortete mit einem klaren Nein. Sie forderten ihn auf, sich das zu überlegen, ermahnten ihn, sich so zu verhalten wie jemand, dem ein Urteil bevorsteht: und nach dessen zukünftigem Verhalten das Urteil auf Freispruch oder auf Schuld lauten würde. Candido hatte gute Lust zu erwidern, ihm sei's einerlei; doch unterließ er es in der Hoffnung, daß sie, die Richter, es sich überlegen würden. Im übrigen war er gerade dieser Tage in das Alter eingetreten, das vom Gesetz mit Volljährigkeit bezeichnet wird: hatte also von nun an niemandem über seine Lebensweise Rechenschaft zu geben.

Über das Leben, das Candido zu Hause, auf dem Lande und in der Partei führte; sowie über den Vorschlag, den man ihm machte und den er nicht annahm.

Candido hatte beschlossen, mit einem geordneten Studium Schluß zu machen: angenommen, er habe ein solches jemals betrieben. Die Schule, in der es ihm hinsichtlich der Versetzungen und Noten ausgezeichnet ergangen war, hatte ihm eigentlich nur dazu gedient, all die Bücher zu lesen, die nichts mit der Schule und viel mit dem Leben zu tun hatten. Jetzt aber wollte er sich voll und ganz der Landwirtschaft widmen. Dank der gewissenhaften Verwaltung des Generals hatte er Geld auf der Bank. Er schaffte sich Traktoren an und lernte, sie zu bedienen; er ließ Wasserleitungen und Speicher anlegen, um das Wasser zu nutzen, das vorher verlorengegangen war; er richtete Weingärten und Gewächshäuser für Gemüse ein. Er führte das Leben eines Bauern und gleichzeitig eines Mechanikers: er pflügte, pflanzte, pfropfte; pflegte die Maschinen und reparierte sie, wenn sie defekt waren. Jeden Abend, wenn es dunkel wurde, kehrte er zufrieden nach Hause zurück. Und traf Paola zufrieden an. Samstagabends oder wenn es eine Mitgliederversammlung gab, ging er zur Partei: nicht mehr allabendlich wie vorher, als er noch die Schule besuchte. Er beteiligte sich an den Diskussionen und brachte sie entweder auf ihren Ausgangspunkt zurück, wenn sie sich so weit davon entfernt hatten, daß es weiter nicht mehr ging, oder er gab auf denkbar knappe und deutliche Art seine Meinung zum besten. Die wenigen anwesenden Bauern stimmten stets seinen Worten zu, besonders wenn es sich um Landwirtschaft handelte; doch fast niemals diejenigen, die hinter dem Tisch unter den Bildern von Marx, Lenin und Togliatti saßen. Immer dann, wenn es ihm widerfuhr, daß jene ihn mißbilligten, kehrte er, an sich selbst, an seiner Fähigkeit zweifelnd, die Dinge im rechten Licht zu sehen, sowie voller Reue, daß er geredet hatte, nach Hause zurück. Nur wenig Trost fand er darin, daß die Bauern ihm zugestimmt hatten. Und gerade das liebte Candido bei der Partei: mit den Bauern, Handwerkern, Bergleuten beisammen zu sein; wahrhaftige, konkrete Menschen, die von ihren eigenen wie auch von den Bedürfnissen der Stadt mit wenigen und deutlichen Worten sprachen; und machmal einen ganzen Beitrag in einem einzigen Sprichwort zusammenfaßten. Auch gab es einen ziemlich deutlichen, wenngleich nicht zur Kenntnis genommenen Gegensatz zwischen denen, aus denen die Partei bestand, die wegen ihrer Zahl, ihrer Bedürfnisse, ihrer Hoffnungen die Partei bildeten, und denjenigen, die die Partei repräsentierten und führten: unerschöpflich und nicht zu greifen die Reden dieser letzten; rasch und knallhart und zuweilen nicht ohne grobe Ironie die Beiträge der anderen. Don Antonio sah in diesem Gegensatz, der jedoch nie als Gegensatz zutage trat, eine Wiederkehr dessen, was es in der Kirche schon immer gegeben hatte und immer noch gab: eben die Menschen, die es liebten, wenig zu reden, deren Leben in der Familie und in der Gesellschaft mehr aus Schweigen als aus Reden bestand, diese Menschen liebten lange Predigten und die Prediger, die am wenigsten zu verstehen waren. «Meine Seele versteht ihn», hatte einmal ein altes Frauchen über einen wortreichen und unverständlichen Prediger gesagt. Die Parteifunktionäre sprachen also die Seele derer an, die nur über die leiblichen Dinge zu reden wußten.

Inmitten dieses Lebens, das man, abgesehen von dem dunklen Punkt – jenes Urteil, das die Partei über sein Verhalten noch zu fällen hatte –, als beschaulich bezeichnen kann, wurde Candido plötzlich zur Hauptperson einer Begebenheit, die seine Geringschätzung durch die Mehrzahl der Leute noch verstärkte und jenes Urteil dem Schuldspruch und nicht dem Freispruch oder der Nachsicht entgegenführte.

Eines Abends spät erhielt er in seinem Hause den Besuch eines gewissen Zucco. Ein Mensch, der einen nicht näher zu bezeichnenden Beruf ausübte, vom Immobilienmakler bis zum Beschaffer von Wahlstimmen; Candido kannte ihn vom Sehen, war ihm einige Male als geschäftigem Begleiter seines Großvaters begegnet. So dachte er nun auch, dieser wäre von seinem Großvater geschickt: dieweilen er nicht wußte, daß Zucco, der des Generals politischen Leichengeruch gewittert hatte, diesen schon lange nicht mehr begleitete und ihn sogar geflissentlich mied. In der Tat hatte er ganz anderes mit Candido zu reden. Das Thema von weither angehend, fast so, als wäre er nur gekommen, Candido zu beglückwünschen, daß er sich mit Paola eingerichtet und seine Ländereien gerichtet habe, fragte er Candido, was er mit dem Grundstück am Dorfrand vorhabe, das zu besitzen er vielleicht gar nicht wisse, da er noch nicht darangegangen sei, es zu richten (richten war Zuccos Lieblingswort). Candido erwiderte, er wisse durchaus, daß er es besitze, und er werde es vielleicht zu einem Weingarten richten. Zucco zeigte sich entsetzt. «Zu einem Weingarten, dieses Grundstück? Zu einem Weingarten ein Grundstück, das am Dorfrand liegt? Aber dieses Grundstück ist doch Gold wert, dieses Grundstück ist doch Gold!» Und er erklärte, wieso es Gold sei; das heißt, wie es zu Gold werden könne.

Die Stadt plane den Bau eines großen Krankenhauses. Dieses Grundstück sei der ideale Platz zu dessen Errichtung. Wenn Candido nur wollte. Candido erwiderte, daß er natürlich wolle, wenn es um ein Krankenhaus ginge: und schließlich, ob er nun wolle oder nicht, Gemeinde oder Provinz oder Staat könnten das Stück Erde mit der Begründung, es bestünde ein öffentliches Interesse, auch jederzeit enteignen. «Ja, gewiß», erwiderte Zucco, «aber das Problem ist eben das Geld.»
«Ich verstehe», sagte Candido: und hatte gar nichts verstanden. «Aber das Grundstück kann ich ja verschenken. Natürlich verschenke ich's: ein Krankenhaus ist dringend erforderlich.»
«Verschenken?» Zucco schnappte vor Staunen nach Luft.
«Gewiß», meinte Candido, «ich denke schon, daß man das machen kann: ein Schenkungsakt oder so ähnlich ...»
«Wir haben uns nicht verstanden», sagte Zucco.
«Versuchen wir, uns zu verstehen», sagte Candido.
«Also ... Ich ... Nehmen wir an ... Also ...»
Zucco befand sich in Schwierigkeiten, es gelang ihm nicht, den rechten Gesprächsfaden aufzuspüren; bei einem Gespräch mit einem Unbedarften, einem Idioten, wie dieser junge Munafò einer war. Sein Vater, die gute Seele, hätte im Nu begriffen. Sein Großvater auch: obwohl nicht intelligent, und zudem ehrlich (eine Grimasse des Abscheus

zeichnete sich auf Zuccos Gesicht, als er an des Generals Ehrlichkeit dachte). Doch wem glich dieser hier, wessen Sohn war dieser hier?
Dramatisches Schweigen bei Zucco; der Erwartung, der Neugierde und auch ein wenig des Mißtrauens bei Candido.
«Das Krankenhaus», sagte Zucco endlich, «kann man auf Ihrem oder auf irgendeinem anderen Grundstück in Stadtnähe bauen. Da der enteignete Boden mit Gold aufgewogen wird, ist es klar, daß derjenige, der den Platz bestimmt, auf dem das Krankenhaus gebaut wird, dem Grundeigentümer einen großen Gefallen erweist, ihm ein großes Geschenk macht. Und was tut nun der Eigentümer, bedankt er sich nicht? Revanchiert er sich etwa nicht?»
«Wie bedanken? Wie revanchieren?» fragte Candido. Er begann zu begreifen, hatte jetzt die Haltung einer schläfrigen Katze angenommen, hinter der er stets seine Wachsamkeit verbarg.
«Nun, er bietet Prozente von dem Preis an, den man ihm zahlen wird ... Nun, also, dreißig Prozent, das wäre gerade angemessen, da ja derjenige, der die dreißig Prozent erhält, alles dransetzt, damit das Grundstück zum höchstmöglichen Preis erworben wird.»
«Und wer bekommt dann diese dreißig Prozent?»
«Sie werden allein mit mir zu tun haben ... Schließlich handelt es sich nicht nur um eine Per-

son ... Es sind viele, Sie verstehen ...»
«Nein, ich verstehe nicht», sagte Candido und erhob sich. Auch Zucco erhob sich. Sie sahen sich in die Augen.
«Signor Zucco, das Grundstück verschenke ich», sagte Candido. «Und weil dort, wenn man es sich richtig überlegt, der beste Platz ist, um ein Krankenhaus zu bauen, werde ich die Sache publik machen, falls man einen anderen Platz wählt.»
«Wie denn? Ein derartiges Glück treten Sie mit Füßen und wollen auch noch mich verraten, der es Ihnen bringt?» Und er setzte trübsinnig hinzu: «Natürlich, das hätte ich mir denken müssen.»
«Gewiß, das hätten Sie sich denken müssen», sagte Candido.
Am nächsten Tag ging er ins Rathaus und übergab dem Bürgermeister das schriftliche Angebot einer kostenlosen Abtretung des Grundstücks. Der Bürgermeister bedankte sich und sagte, das großzügige Angebot werde wohlwollend geprüft; daß es auch akzeptiert werde, könne er selbstverständlich nicht versprechen: eine technische Kommission werde mit Überlegung und Sachverstand darüber entscheiden ...
Bei der Parteiversammlung erzählte Candido alles. Von denen, die hinter dem Tisch saßen, kam gemäßigte Zustimmung und die Versicherung, daß die Partei über den Fortgang der Dinge wachen werde. Ein Bauer erhob sich und fragte, wieso man es wa-

gen konnte, an einen Kommunisten, der ja Candido bekanntlich sei, ein derartiges Ansinnen zu stellen. «Noch vor zehn Jahren», sagte er abschließend, «wäre keiner so unvorsichtig gewesen, einem Kommunisten mit derartigen Reden zu kommen.» Vor zehn Jahren hatte Stalin noch gelebt: so dachte der Bauer, und alle, die ihn kannten, wußten, daß er so dachte. Einige lachten, andere machten ihm Vorhaltungen. Die Frage beeindruckte Candido stark.

Einen Monat danach erfuhr Candido, daß man für das Krankenhaus ein anderes Grundstück ausgesucht hatte. Er brachte die Angelegenheit noch einmal vor die Parteiversammlung, doch in einem Ton, der denjenigen hinter dem Tisch nicht gefiel. Ein anklägerischer Ton, sagten sie, den sie nicht verdienten und nicht duldeten. Sie hätten ihr möglichstes getan, damit Candidos Angebot angenommen werde: doch es seien technische Gegenargumente ins Feld geführt worden, die nicht zu widerlegen waren. Gewiß, man hätte andere Sachverständige heranziehen können, bessere oder auch weniger interessierte: doch mit dem Ergebnis, daß dann alles zum Stillstand kommen würde, und wer weiß, wann dann die Stadt ihr Krankenhaus bekäme. «Wollen wir einen Skandal oder ein Krankenhaus?» wurde die Versammlung gefragt. Fast alle wollten sie das Krankenhaus, Candido und wenige andere das Krankenhaus und den Skandal. Es erhob sich der Parteisekretär. Er hielt eine lange Rede über die Zustände im Land, wie sie von der Partei gesehen würden, über die Art und Weise, wie die Partei ihre Opposition und Kritik verstand. Hie und da versetzte er Candido überlegte Seitenhiebe: auf seine Selbstbeweihräucherung, seinen Egoismus, seine Lebensführung, seine Mißachtung der Ermahnungen durch die Partei.

Jedesmal, wenn der Sekretär Candido mehr oder minder direkt angriff, sahen alle auf ihn. Candido war völlig ruhig. Als der Sekretär seine Rede beendet hatte und alle augenscheinlich darauf warteten, daß Candido etwas erwidern würde, sagte er lediglich: «Genosse, du hast gesprochen wie Fomà Fomíč.» Und hatte wirklich an nichts anderes gedacht, während er dem Sekretär zuhörte.

«Wie wer?» fragte der Sekretär.

«Wie Fomà Fomíč.»

«Aha», sagte der Sekretär. Es hatte den Anschein, als wüßte er, wer Fomà Fomíč war. Aber er sollte sich über diesen Namen zwei Tage lang den Kopf zerbrechen.

Über die mühseligen Recherchen der Partei, Fomà Fomíč zu identifizieren; und über die Gespräche, die Candido und Don Antonio über diese Persönlichkeit führten.

Fomà Fomíč. «Carneade! Wer war das noch? ... Carneade! Diesen Namen muß ich doch schon einmal gelesen oder gehört haben; sicher war das ...» (*Die Verlobten*, Kapitel VIII). Sicher war das nach Meinung des Sekretärs der kommunistischen Sektion einer, der mit der Geschichte der Partei in der Sowjetunion zu tun hatte: denn Russe war er mit Sicherheit. Fomà Fomíč. Theoretiker oder Spitzel? «Du hast wie Fomà Fomíč gesprochen.» Sicher hatte ihn Candido Munafò mit diesem Ausspruch, mit diesem Namen beleidigen wollen. Fomà Fomíč mußte einer aus der Stalinzeit, aus der Beriazeit gewesen sein.
Der Sekretär nahm sich alle Parteigeschichten und alle Geschichten der Sowjetunion vor, die er besaß, und suchte in den Namensverzeichnissen Fomà Fomíč. Es gab ihn nicht. Er suchte im Namensverzeichnis der Gramsci-*Hefte*, suchte in jedem Buch, das von Kommunismus handelte und ein solches

Verzeichnis besaß. Vergebens. Ihm fiel die Tschechoslowakei ein und was nach dem Prager Frühling geschehen war: doch in den Chroniken gab es keinen einzigen Namen, der auch nur eine Ähnlichkeit mit Fomà Fomíč hatte. Er rief den Abgeordneten di Sales an, einen Mann von außergewöhnlicher Bildung und größter Informiertheit. Diesen Namen, sagte der Abgeordnete, habe er irgendwo gehört oder gelesen: doch könne er nicht sagen, wo und wann, daran könne er sich nicht erinnern. Also telefonierte er mit der nächsthöheren Parteiorganisation, der Regionalföderation, sprach mit dem Genossen, der für die kulturellen Belange zuständig war und schon viele Male Rußland besucht hatte. Der Genosse von der Kultur wollte den Kontext der Rede hören, aus der sich der Name ergeben hatte. Der Sekretär berichtete ihn haargenau. «Der Name ist jedenfalls russisch; ich kann dir auch sagen, daß er Thomas, Sohn des Thomas heißt ... ich werde Erkundigungen einziehen.» Jener Name lief also über die Telefondrähte, kam zu Parteifunktionären, die in Rußland ihre Ferien, und Parlamentariern, die dort lange Zeit im Exil verbracht hatten. Alle meinten sie, den Namen schon einmal gehört oder gelesen zu haben: doch wußten sie nicht mehr wann, wußten nicht mehr wo. Man wandte sich an die Dozenten für Geschichte, konsultierte die Historiker: sie waren ganz sicher, ihn niemals gehört oder gelesen zu haben. Zwei Tage danach wurde durch einen Professor für slawische Literatur das Rätsel endlich gelöst: Fjodor Dostojewski, *Das Gut Stepančikovo und seine Bewohner*; humoristischer Roman, 1859. Existierte eine italienische Übersetzung? Sie existierte, antwortete der noch einmal befragte Professor: veröffentlicht in Turin im Jahre 1927. Der Sekretär ersuchte flehentlich um die Übersendung eines Exemplars: er brauche es, sagte er, um den Parteiausschluß dieses Hundesohns zu begründen, der mit diesem Fomà Fomíč so vielen Leuten ihre Zeit gestohlen hatte. Die Regionalföderation besorgte ihm eines. Der Sekretär las es wütend. Ein humoristischer Roman, eine komische Hauptperson: man mußte es diesem Munafò heimzahlen.

Von der fieberhaften Suche drang auch etwas über die Partei hinaus; und der Sekretär sprach dann in der zu Candidos Parteiausschluß einberufenen Versammlung des langen und breiten über diese Persönlichkeit, um darzutun, daß er sich in ihr nicht erkennen könne und daß ein Kommunist, der einen Fomà Fomíč im Sekretär seiner Sektion erkenne, ganz und gar unwürdig sei, Kommunist zu sein. Solcherart blieb der Beiname Fomà Fomíč am Sekretär kleben: unter welchem er heute auch bei den Genossen anderer Länder bekannt ist, da er mittlerweile Karriere gemacht hat.

Während man seitens der Partei zielstrebig und erfolgreich dem Namen nachspürte, redeten und diskutierten Candido und Don Antonio über diese Persönlichkeit. Und zwar in folgendem Sinne: Candido sah, wie die große Partei, aus der man ihn bestimmt ausschließen würde, ihre Organisation immer mehr den Fomà Fomíčs übertrug, Persönlichkeiten, die er ebenso negativ betrachtete wie Dostojewski – von unfertiger, nichts fertigbringender Bildung, ein *Tartuffe* –, während Don Antonio, der zwar einräumte, daß die Parteikader teilweise aus Fomà Fomíčs bestanden, jedoch die Person und die ihr gleichenden Personen nicht ganz so negativ sah: Dostojewski, meinte Don Antonio, habe *malgré lui* dieser Persönlichkeit Potentialität zum Positiven, zu positiver Leistung, zu positiver Handlung gegeben; und führte als Beispiel jene Szene an, wo es ihm gelingt, vom Obersten mit Exzellenz tituliert zu werden, was ihm gar nicht zusteht. Natürlich sei es trotz der humoristischen Etikette, die ihm der Autor verliehen habe, ein aufregender Roman: in dem Sinn nämlich, daß man ihn auch als Vorahnung und Vormahnung für die Geschicke der Kommunistischen Partei, der kommunistischen Parteien, der kommunistischen Welt auffassen könne; doch fasse man ihn so auf, müsse man ebenso konsequent sein wie der Roman und auch zugeben, daß Fomà letztlich alle glücklich macht. «Ja», erwiderte Candido, «aber ein Glück, das alle ohne Fomà schon früher hätten haben können.» Don Antonio sagte, das könne man nicht behaupten: ein früher mit Leichtigkeit erreichtes Glück sei nicht dasselbe wie ein später mit Schwierigkeit erworbenes Glück; man könne auch nicht als Glück bezeichnen, was man unbewußt genieße, ohne durch Leid gegangen zu sein. Candido entgegnete, daß ein derartiger Aphorismus mit Marxismus nichts gemein habe; Don Antonio gab zu, daß er zwar nichts mit dem Marxismus zu tun habe, dafür um so mehr mit dem Leben und dem Menschen. Und wieder auf Fomà zurückkommend, sagte er, man könne in dieser Persönlichkeit – in dem, was diese Persönlichkeit in Stepančikovo an Verboten, Ängsten, Selbstkritiken auslöse – schon eher eine Vorausschau auf Stalin und den Stalinismus erkennen. Aber damit war Candido nicht ganz einverstanden: nicht auf Stalin, sondern auf den Stalinismus nach Stalin, den Stalinismus der Entstalinisierung. Unter diesem Gesichtswinkel sei die Analogie von Roman und geschichtlicher Realität präzise und einwandfrei: die Entstalinisierung sei von denen ausgegangen, die Stalin so gefürchtet hatten, daß sie ihn belustigten, von denen, die Stalin zu Hofnarren degradiert hatte; und Fomà Fomíč, von dem Dostojewski berichtet, ehe er ihn uns begegnen läßt, sei eben ein kleiner Despot, aus der Hülle des Narren geschlüpft, der er ja vorher für den verstorbenen General Krachotkin gewesen war.

«Du bist ein Stalinist», sagte Don Antonio. Und

weil Candido schon protestieren wollte: «Nein, das soll keine Anklage sein: nach Bonaparte waren diejenigen Bonapartisten, die es vorher nicht gewesen waren und wären, also die besten, also die jungen Menschen ... Du willst nicht zugeben, daß man Stalin mit Fomà Fomíč vergleichen kann: und doch ist der Unterschied zwischen den beiden nur ein quantitativer und sozusagen literarischer: weit mehr und endgültige Opfer bei Stalin; wenige nur, und begrenzt leidend und einem glücklichen Ende bestimmt bei Fomà. Tragödie, Komödie ... Doch sieh: Stalin stand zum Marxismus wie Arnobius zum Christentum. In beiden war eine große und totale Verachtung des Menschen, der Menschheit; gigantischer Pessimismus. Arnobius glaubte, man könne nur durch die Gnade gerettet werden, da des Menschen Kraft von Natur aus ungenügend sei, um das Gute zu erreichen. Desgleichen Stalin, nur daß Stalins Gnade die Polizei war: eine Gnade, die sich, wollen wir es so nennen, durch den Ausschluß äußerte, während sie es bei Arnobius durch den Einschluß tat ... Stalins Gnade begnadigte diejenigen, die sie nicht berührte ... Wobei ich an Arnobius denke und sagen muß, nicht unentgeltlich ... Weißt du, wer die lebendigste, ich würde auch sagen die bewegendste Abhandlung über seine sieben Bücher *Adversus nationes* geschrieben hat? Concetto Marchesi, der tüchtigste oder zumindest offenste Stalinist, den unsere Partei nach dem

Chruschtschow-Bericht hat gewähren lassen.»
«Unsere Partei», echote Candido bitter ironisch. «Sagen Sie doch gleich ‹meine›, denn mich wirft man mit Sicherheit hinaus.»
«Ach, ja: meine ... Denn, weißt du, ich kann ja nicht anders als drinbleiben: zweimal innerhalb weniger Jahre das Priestertum aufgeben ist etwas zuviel.»
«Ich weiß ... kommen wir zum Stalinismus zurück: das Argument interessiert mich», sagte Candido.
«Kommen wir darauf zurück», sagte Don Antonio und setzte vieldeutig hinzu: «Wir werden immer wieder darauf zurückkommen.»

Über Paolas Verschwinden; und was sie mitzunehmen vergaß.

Candido wurde aus der Partei verstoßen: so gut wie einstimmig, da allein Don Antonio seine Hand nicht hob. Und nicht nur, weil er Candido kannte und mochte; sondern weil ihm diese Art, gegen jemanden zu stimmen, ganz danach aussah, als würde man einen Stein auf ihn werfen: aber so wollte er nie und gegen niemanden seine Hand heben. Als er denen, die hinter dem Tisch saßen und bei der Abstimmung auf ihn gesehen hatten, diese seine Gründe sagte, kam nur ein mitleidiges Lächeln und die Replik, das Evangelium habe nichts mit der Partei zu tun.
Candido machte sich nicht gar so viel daraus. Er bezeichnete sich als parteilosen Kommunisten, und dies im Gegensatz zu Don Antonios Meinung, der es für unmöglich hielt, parteiloser Kommunist zu sein. Natürlich fehlte ihm etwas, hatte er jetzt etwas verloren. Doch besaß er ja noch Paola, Don Antonios Freundschaft, die Arbeit auf dem Lande, die Bücher. Paola schien freilich durch Candidos Parteiausschluß mehr betroffen zu sein als

Candido selbst. Sie gab sich die Schuld daran. Candido hatte gut sagen, ihm wäre es gleichgültig, nicht mehr in der Partei zu sein: Paola zeigte sich immer mehr bekümmert, immer unzufriedener mit sich selbst, trübsinnig und beinahe abweisend. Abweisend gegenüber Candido, dem sie ein erstes geringes Unheil gebracht zu haben behauptete, auf das noch weitere, größere folgen könnten: und schuf mit solchen Unheilvorstellungen schließlich auch die realen Voraussetzungen dafür.
Als Candido, einige Monate nach seinem Parteiausschluß, einmal vom Lande nach Hause kam, fand er Paola nicht mehr. Er fand einen Brief auf dem Küchentisch: «Lieber Candido, ich gehe. Ich will dir keinen weiteren Schaden zufügen: eine Frau wie mich verliert man besser, statt sie zu finden. Ich liebe dich sehr. Paola.»
Da gab es noch ein Postskript: «Ich nehme einiges mit, von dem ich weiß, daß du keinen Wert darauf legst: es wird mir helfen, wieder in ein Leben zu treten, das ohne dich schwierig und tiefunglücklich sein wird.»
Candido weinte. Er weinte die ganze Nacht, weinte den nächsten Tag, weinte all die Tage, die er eingeschlossen in seinem Haus verbrachte und sich in der Erinnerung an sie erging und all die Dinge berührte, die sie tagtäglich berührt hatte. Er trank Kaffee, weinte, verfiel hie und da in einen Schlaf, der keiner war, sondern nur schmerzliche, delirie-

rende Betäubung. Am dritten oder vierten Tag, er wußte es nicht mehr, kam Don Antonio, der sich Gedanken machte, weil er ihn so lange nicht gesehen hatte. Candido überreichte ihm den Brief, wortlos, weinend.

Don Antonio umarmte ihn. Angesichts eines solchen Schmerzes fand er keine Worte. Die ersten, die er dann fand, waren allerdings diese: «Was hat sie denn mitgenommen?» Candido machte eine Handbewegung, die sagen sollte, ich weiß nicht, es ist mir auch egal; die aber auch seine Ungehaltenheit über diese kleinliche Frage zum Ausdruck bringen sollte. Don Antonio war beschämt. «Eine in der Kindheit erfahrene Armut», meinte er, «und solltest du sie in der Folge auch erwählen und erflehen und zur Ursache deiner Freude machen, kommt schließlich, wenn du es am wenigsten erwartest und haben möchtest, als Erbärmlichkeit und Gemeinheit heraus ... Ich bin in diesem Augenblick erbärmlich und gemein, weil ich die Erbärmlichkeit und Gemeinheit bei der Person finden will, die dir Leiden zufügt ... Oder vielleicht will ich auch herausfinden, was sie mitgenommen hat, damit du nicht soviel leidest ... Ich weiß nicht, auch ich ringe in meinem Innern nach Luft ... Aber ich will auf alle Fälle wissen: was hat sie mitgenommen?»

Candido hätte am liebsten geantwortet, sie habe alles mitgenommen, sie habe sein ganzes Leben mitgenommen. Und war schon drauf und dran, es auszusprechen. Doch er schreckte davor zurück, wie vor einer Lüge: denn in einem Teil seiner selbst, im Augenblick dunkel und winzig hinter dem großen und grellen Licht des Schmerzes, fühlte er seine Liebe zum Leben wie eine starke und zähe Wurzel, die sich unter diesem Leiden verbreitern würde. Für den Bruchteil eines Augenblicks zweifelte er sogar an seinem Schmerz: als wäre er eine Fiktion, die so stark war, daß sie bis zur Identifizierung ging, obwohl doch immer Fiktion – bis zur Identifizierung mit einem unzählige Male identisch existierenden Wesen.

«Was hat sie mitgenommen?» fragte Don Antonio noch einmal.

Candido öffnete Türen und Schubladen: mechanisch, rasch, und sah hinein, fast ohne etwas zu sehen. Setzte sich wieder auf den Sessel, auf dem er schon drei oder vier Tage lang gesessen war. Trotz der soeben durchgeführten Besichtigung, mehr aufs Geratewohl als aus Kenntnis und mehr, um Don Antonios Neugierde zu befriedigen, sagte er: «Sie hat Geld mitgenommen, ein wenig Gold und vielleicht auch das Silber.» Er starrte lange auf eine Stelle hinter Don Antonio: so lange und mit so unergründlichem Gesichtsausdruck, daß Don Antonio sich schließlich umdrehte. Da stand eine Konsole mit zwei silbernen Kandelabern darauf.

«Die Kandelaber», sagte Candido. «Sie hat die

Kandelaber vergessen. Sie sind antik, vielleicht sind sie mehr wert als alles andere, was sie mitgenommen hat ... Ich will sie ihr zukommen lassen.»
Mein Gott, dachte Don Antonio, wie falsch sind doch die wirklichen Dinge! Wir befinden uns bei Monseigneur Myriel, bei Jean Valjean, bei den *Elenden*. Oder ist unser Leben jetzt all das, was geschrieben wurde? ... Wir glauben zu leben, glauben wirklich zu sein und sind doch nichts anderes als eine Projektion, ein Schatten der bereits geschriebenen Dinge.
Don Antonios Überlegung erreichte Candido, ihm kam die klare Erinnerung an Zeilen, die er vor vielen Jahren gelesen hatte.
«Ich rezitiere», sagte er. «Oder vielleicht fange ich an, sie zu verachten. Der Gedanke, ihr die Kandelaber zu schicken, das weiß ich jetzt, kam mir zwischen Fiktion und Verachtung. Es war kein Gedanke der Liebe. Auch damals, als ich *Die Elenden* gelesen habe, dachte ich, Monseigneur Myriel ginge über die Liebe hinaus, seine Liebe ergösse sich in Verachtung ... Sie wußten genau, was Sie taten, als Sie die Frage an mich stellten, was sie mitgenommen habe: Sie wollten Erbärmlichkeit haben, mich in eine erbärmliche Lage bringen ... Nun: ich bin in einer erbärmlichen Lage. Sind Sie jetzt zufrieden?»
«Nein, ich bin nicht zufrieden. Die Erbärmlichkeit ist auf meiner Seite, wirklich ... Aber ich will dir

etwas sagen, was deine Pein vielleicht noch vergrößern wird: ich bin davon überzeugt, daß sie nur deshalb mitgenommen hat, was sie mitgenommen hat, um ihr Bild in dir zu zerstören, das heißt, damit du sie verachten sollst ...»
«Wir sind beim Melodrama», sagte Candido. Dann, nach längerem Schweigen, meinte er müde: «Aber die Dinge sind immer einfach.» Und schloß die Augen. Nach einer Weile merkte Don Antonio, daß er eingeschlafen war: tief und mit ruhigem Atem.
Er glaubte, Don Antonio vor sich zu haben, als er die Augen wieder öffnete, ihm erklären zu müssen, warum die Dinge immer einfach sind und einfach war, was ihm widerfahren: doch Stunden waren vergangen, Don Antonio war nicht mehr da.
Er spürte, daß er Hunger hatte. Der Hunger rief Phantasiebilder hervor: ofenfrisches Brot, nach Knoblauch und Basilikum duftende Spaghetti, vor Fett triefende Würstchen über der Glut. Er fand altes Brot und Butter, aß widerwillig davon. Der Schmerz war nun ein stilles Gespenst: als wäre er aus ihm herausgetreten, verbarg er sich in der Dunkelheit und im Schweigen des Hauses.
Candido sprach mit dem Gespenst, mit Paola, Don Antonio, dem Parteisekretär, dem Universum. Ja, er sprach wirklich; und hörte sich, gleichsam verdoppelt, selber zu. Wie ein Delirium war das: doch konnte man es, bildlich ausgedrückt, vergleichen

mit jenen Ruinen antiker Bauten, wo kein Teil fehlt, man braucht nur eines nach dem anderen aufzuheben und an die richtige Stelle zu setzen. Eine Aufgabe, für die wir wenig geeignet sind, lieben wir doch keinerlei Art von Ruinen. Und nur dies können wir sagen: daß von den Fragmenten seiner Liebesgeschichte mit Paola, die Candido erzählte und sich selber erzählte, ein Gefühl der Freude und des Glücks zurückblieb, das durch dieses Ende – Paolas Flucht, und wie sie geflohen war – nicht geschmälert und getrübt werden konnte. Daß Paola mit ihrem Fortgehen ihre Liebe für ihn geopfert oder sich ihrer entledigt hatte, war ohne Bedeutung. Tatsache blieb, sie war fortgegangen: und nur die Tatsachen zählen, nur die Tatsachen haben zu zählen. Wir sind das, was wir tun. Die Absichten, insbesondere wenn sie gut, und die Gewissensbisse, insbesondere wenn sie berechtigt sind, kann jeder in sich selber ausspielen, wie er mag, bis zur Desintegration, bis zum Wahnsinn. Aber Tatsache bleibt Tatsache: sie enthält keine Widersprüche und keine Mehrdeutigkeiten, kennt nicht das andere und nicht das Entgegengesetzte. Daß Paola weggegangen war, hieß für ihn nur eines: daß zwischen ihnen etwas eingetreten war, was die Harmonie des Zusammenlebens, die Freude ihrer Körper zerbrochen hatte. Eine Tatsache. Fragen, nachforschen, nachgehen hätte zu nichts anderem geführt, als all das, was einfach und wahr gewesen, nur noch schmerzlich zu komplizieren. Sie waren sich begegnet in der Wahrheit ihrer Körper, waren in dieser freudigen Wahrheit zusammengewesen. Vielleicht hatte dann Paolas Körper der Seele nachgegeben. Der unsterblichen, sentimentalen, schönen Seele: so hatte sich ihr die freudige Wahrheit des Körpers getrübt, verzerrt; war zu einem minderen Gut geworden. Die Versuchung, die Lüge: wie in der Genesis. Nur daß die Versuchung die Seele gewesen war: die unsterbliche oder die sentimentale oder die schöne. Die Seele ist es, die lügt, nicht der Körper. «Unser Körper ist der getreue Hund, der den Blinden führt.» Und über diesem Gedanken, der ihm unter seinen verwobenen und verworrenen deutlich und hilfreich gekommen war, wie ja die von anderen schon gedachten Gedanken in gewissen Augenblicken, da die unseren ins Wanken geraten, stets deutlich und hilfreich sind, fiel Candido wieder in tiefen Schlaf.

Über Candidos Entschluß, sich von seinen Gütern zu befreien und auf Reisen zu gehen; und darüber, wie seine Verwandten ihm halfen, sich zu befreien.

Ohne Paola war für Candido die Zeit unverrückbar und hart wie ein Fels, hatte sich wie zusammengeballt und verkeilt in die Gegenwart: würde man versuchen, ihn umzudrehen, käme doch nur die Vergangenheit zutage. Da war die Arbeit, da waren die Bücher, da waren die Gespräche mit Don Antonio: doch alles war nur Wiederholung, Langeweile und Pein.
Candido kam zu dem Entschluß, daß er mit sich selbst, mit seinem Leben etwas anfangen müsse: sich in Bewegung setzen, um zu versuchen, in sich die Liebe zum Leben in Bewegung zu setzen, von der er fühlte, daß er sie nicht verloren hatte.
Zunächst sprach er mit Don Antonio, der ihm beipflichtete. Dann ging er zum Parteisekretär – jener Partei, aus der ihn ebender Sekretär hatte hinauswerfen lassen. Er sagte ihm, daß er sich entschlossen habe, seine Ländereien der Partei zu übereignen, einer Genossenschaft aus Bauern und Technikern, die sich innerhalb der Partei konstituieren

solle. Er wisse nicht wie, mit welchen Modalitäten und gesetzlichen Formalitäten: sollten sie das in der Partei machen, in Norditalien hätten sie ja schon so viele Genossenschaften gebildet.
Der Sekretär hörte ihn mit frostigem Lächeln an. Und erwiderte: «Für wen hältst du dich, für Tolstoi?» Das war seine unmittelbare Vergeltung auf den Dostojewski, dessen sich Candido bei der Parteiversammlung bedient hatte, um ihn zu verspotten, wie er glaubte; also auf den rätselhaften Fomà Fomíč, den Candido evoziert hatte und dessen Name – er wußte es nun – als Beiname an ihm haften geblieben war.
Candido hatte eine solche Entgegnung nicht erwartet. Er hegte nicht den geringsten Groll gegen den Sekretär und hätte niemals gedacht, daß der Sekretär ihm gegenüber einen Groll haben könnte. Er wurde rot und bekam so etwas wie ein Schuldgefühl. Der Sekretär aber glaubte, Candido derart getroffen zu haben, daß er ihn noch mehr haßte, fühlte er sich doch schon wegen des Parteiausschlusses gehaßt. Also gab er seiner Aggressivität mehr Logik. Und sagte: «Erstens: wo willst du denn die Bauern auftreiben, um eine Genossenschaft zu bilden? Die wenigen, die da sind, arbeiten lieber im Taglohn auf fremden Grundstücken: du wirst sie nie überzeugen können, das Experiment einer Genossenschaft einzugehen. Im übrigen mißtrauen sie einander, dir, mir, dem lieben Gott ...

Zweitens: auch wenn die Voraussetzungen für deinen Vorschlag gegeben wären, würde ich mich in ein juristisches Ränkespiel ohne Ende begeben; und die Partei mit hineinziehen. Und wir würden alle beide keine Ehre damit einlegen, die Partei nicht und ich nicht: es würde heißen, und zu Recht, wir hätten einen Schwachsinnigen ausgenommen...
Drittens: mich hinters Licht führen zu wollen, ist verlorene Liebesmüh; wer den Unterzeichneten beschwindeln kann, muß erst geboren werden, aber der wird vielleicht nie geboren werden.»
«Wer ist schwachsinnig?» fragte Candido. «Und wer will hinters Licht führen?»
«Du, mein Lieber.»
«Schwachsinnig, hinters Licht führen... Aber warum denn ich, wieso denn?»
«Warum und wieso, weißt du ganz genau.»
«Ich schwöre dir, daß ich nichts weiß und nichts verstehe.» Und das sagte er mit solcher Verzweiflung, daß den Sekretär mit der Ahnung, daß er nichts wisse und nichts verstehe, auch die Sicherheit überkam, daß er tatsächlich schwachsinnig war.
«Weißt du überhaupt, daß deine Verwandten das gerichtliche Entmündigungsverfahren gegen dich eingeleitet haben?»
«Was hat das zu bedeuten?»
«Das hat zu bedeuten, daß sie dir alles nehmen wollen, was du besitzt.»

«Das wußte ich nicht», sagte Candido.
«Wenn du es nicht wußtest, ist das eine Sache», sagte der Sekretär. «Aber wenn du es wußtest und hergekommen bist, damit dir die Partei und ich auf den Leim gehen und deine Sache gegen deine Verwandten verfechten, deine Verteidigung gegen sie übernehmen, dich geistig für normal erklären: dann ist das eine andere Sache, dann geht deine Rechnung nicht auf.»
«Ich wußte das nicht», sagte Candido. «Und ich bitte dich um Verzeihung: aber nur, daß ich deine Zeit beansprucht habe und nicht etwa, weil ich versucht hätte, dich hinters Licht zu führen.»
Er begab sich zu Don Antonio und berichtete ihm alles. Don Antonio regte sich fürchterlich auf: über den Sekretär, mehr noch über Candidos Verwandte. Candido aber fühlte sich noch mehr durch die Tatsache verletzt, daß der Parteisekretär ihn eines Betrugsmanövers für fähig gehalten hatte, als durch jene andere, daß seine Verwandten ihn entmündigen lassen wollten. Er fühlte sich sogar wie erleichtert, wie getröstet, daß seine Verwandten, obgleich zu ihrem Vorteil, auf ihre Weise nach einer Lösung für sein Problem suchten, sich von den Ländereien, vom Besitz zu befreien. Er hatte sich mit Leidenschaft darum gekümmert, hatte gearbeitet: doch ohne jeden Gedanken an Eigentum, an Besitz; so, als habe es seine Richtigkeit im Leben, den Boden so gut wie möglich zu bebauen, ihn produktiver,

geordneter, sauberer zu gestalten, und als habe dies mit Einkünften und Geld nichts zu tun. Etwas, das der Liebe glich. Der Liebe zu Paola. Und jetzt, da Paola fortgegangen war, kam ihm diese tägliche Arbeit wie entwertet vor: Mühe, nichts als Mühe im stets gleichbleibenden Ablauf der Jahreszeiten; so wie es auch stets für die Bauern gewesen war, die nie Zufriedenheit gekannt und immer Regen oder Sonnenschein, Hagel und Reif, die Reblaus, die in die Weinkulturen einfiel, den Getreidelaufkäfer, der das Korn heimsuchte, verflucht hatten. Und das war das wahrste Lebensgleichnis, das Tag für Tag das Land vor den Augen der Bauern ausbreitete: eine Mühe, die Tag für Tag belauert und oft zunichte gemacht wurde; Heimsuchungen, die sich unsichtbar einstellten und erbarmungslos ausbreiteten. Und auch diese Heimsuchungen waren durch die Namen, die ihnen die Bauern verliehen, ein Gleichnis des Lebens: das Schwarze Übel, das Weiße Übel, das Rote Übel.

Candidos Gleichgültigkeit gegenüber den Machenschaften seiner Verwandten, die ihn entmündigen lassen wollten, war Don Antonio nicht recht. Er konnte es einfach nicht fassen, daß sich einer seelenruhig sein Eigentum wegnehmen ließ: mochte auch das Eigentum, mochten auch die Gesetze, die es garantierten, ungerecht sein ... Und zu allem Überfluß auch noch mit einem Jagdschein. Er ging also diesen Machenschaften mit allem Eifer nach:

wer genau sie von Candidos Verwandten betreibe; wie der Antrag begründet sei; wie weit die Sache im juristischen Labyrinth schon gediehen sei und wie der Richter dazu stehe. Er erfuhr alles binnen weniger Tage.

Die Brüder und die Schwestern von Candidos Vater hatten, wie wir wissen, sich schon immer Hoffnungen gemacht, ihre Hand auf die von ihrem Bruder hinterlassenen Güter zu legen: und auch, ihren Willen durchzusetzen, Candido enterben zu lassen, wie dies der Advokat Francisco Maria Munafò ja sicherlich getan hätte, wenn ihm die Zeit dazu geblieben wäre. Doch gegen diese ihre Hoffnungen hatte sich zunächst der General gestellt: ein Mann mit einflußreichen Beziehungen, und dies sowohl wegen einer Vergangenheit, die nicht vergangen war, als auch wegen einer Gegenwart, die der Vergangenheit ähnlich war. Als dann der General von Candido nichts mehr hatte wissen wollen, Concetta draußen und jene Frau drinnen war, stiegen ihre Hoffnungen. Doch zu einem Hindernis wurde der Umstand, daß Candido der Kommunistischen Partei beigetreten war, die ihn bestimmt schützen und ihm beistehen würde.

Candidos Parteiausschluß war für sie wie ein Signal für freie Fahrt. Sie eruierten des Generals und Concettas Gesinnung: doch der General wollte von Candido gar nichts mehr wissen; während Concetta wohl etwas von ihm wissen wollte und auch von ihm sprach, jedoch wie von einem Unglückseligen, den sie mit zwanzigjähriger Liebe und zwanzigjähriger Aufopferung großgezogen hatte, und der ja nun einem unglückseligen, raschen Ende entgegenging. Sie unterließen es auch nicht, die Meinung der Leute zu sondieren; und die lautete einstimmig, daß eine Frau wie Paola ihn bei lebendigem Leibe auffressen würde: dies ob der ars amandi, in der sie zweifellos die allergrößte Erfahrung hätte, wie auch wegen ihrer Geldgier, die bei einer derartigen Frau höchst ausgeprägt und erbarmungslos sein müsse. Doch während sie schon die Vorbereitungen zu dem Verfahren trafen, floh Paola: und weil sie, wie bekannt, zu einer Stunde, da Candido außer Haus gewesen, mit schwerstem Gepäck fortgegangen war, wurde der Verdacht, diese Frau würde Candido berauben, zur Gewißheit, daß sie ihn beraubt hatte.

Don Antonio konnte sich auch eine Kopie des Gesuchs beschaffen. Zum Beweis für Candidos Unzurechnungsfähigkeit schlechthin waren darin zwei Dinge angeführt, die, wollte man es ganz genau nehmen, einander widersprachen: daß er als Großgrundbesitzer der Kommunistischen Partei beigetreten war, die bekanntlich das Land den Bauern geben will; und daß er, nach etwa einem Jahr, wegen seines Renommierens, sein Land verschenken zu wollen, durchaus vernünftigerweise aus der Partei ausgestoßen worden war. Es folgte eine Beweisführung im einzelnen: Elemente waren sein Angebot, der Gemeinde ein Grundstück von beachtlicher Ausdehnung zu schenken, das auf etliche Millionen Lire geschätzt wurde; seine wahnsinnigen Spesen, um äußerst zweifelhafte Verbesserungen auf dem Land durchzuführen; sein Zusammenleben mit einer Frau unbekannter Herkunft, die niedrigste Dienste im Hause des Großvaters verrichtet hatte: ein Zusammenleben, das von der Frau, die ihn großgezogen hatte (Concetta Munisteri, einundfünfzig Jahre alt, jetzt in den Diensten des Abgeordneten Arturo Cressi: als Zeugin vorzuladen), als skandalös bezeichnet wurde, vom Großvater (General und Abgeordneter Arturo Cressi: ebenfalls als Zeuge vorzuladen) verurteilt wurde, ein Zusammenleben, das durch die Flucht der Frau aus dem Hause Munafò beendet worden war, wobei diese wahrscheinlich – wie dies jedermann in der Stadt annahm – Wertgegenstände aus dem Besitze der Munafò mitgeführt hatte.

«Wie schön», sagte Candido, «mit einem solchen Gesuch nehmen sie mir bestimmt mein Land weg.»

Über Candidos Unterredung mit einem Richter und einem Psychiater; und über den Entmündigungsbeschluß, der daraufhin erfolgte.

Tanten und Onkel, die Tanten mit ihren Männern saßen aufgereiht im Vorzimmer des Richters. Sechs, dazu ihr Advokat: für dieses kleine Zimmer eine Menge. Candido begrüßte sie freudig. Mißtrauisch ob dieser Freudigkeit grüßten sie frostig zurück. Doch eine von den Tanten fügte ihrem Gruß hinzu: «Wir tun es zu deinem Besten.» Candido erwiderte: «Ich weiß», und dachte, die Tante sei wirklich davon überzeugt, und ebenso alle andern. Man tut so viele Dinge zum Besten der anderen, die dann zum Schlechten für die andern und einen selbst werden. Solcherart wollten diese hier ihm sein Hab und Gut retten, oder wenn auch nicht gerade ihm, so doch retten. Das Hab und Gut, das Vermögen der Munafò: eine Art Abstraktion, um derentwillen sie sich dann selbst zerfleischen würden.

Sie wurden als erste ins Richterzimmer gerufen. Sie hasteten, einander stoßend, hinein, als gäbe es dort nicht genügend Platz für alle und als fürchteten die letzten, vor der Tür zu bleiben. Sie waren ungefähr eine Stunde lang drinnen; und kamen nicht mehr mit so finsteren Gesichtern, beinahe froh wieder heraus; am frohesten von allen ihr Advokat. Sie grüßten Candido und schwärmten alle davon. Von der Tür des Richterzimmers rief der Schreiber: «Munafò, Candido»; und Candido übertrat die Schwelle des Amtszimmers. Hinter seinem Schreibtisch der Richter: ein ungerührtes, zu einem unnatürlichen Lächeln verzogenes Gesicht, dichtes schwarzes Haar über der niedrigen Stirn. Zu seiner Rechten, doch wie abseits, saß ein spindeldürrer Mann mit flackernden Augen, dessen Hand nervös in einem fort wie kämmend durch das wirre Haar fuhr. An einem kleineren Schreibtisch der Gerichtsschreiber.

Der Richter erhob sich halb, um Candido die Hand zu drücken, stellte den Herrn zu seiner Rechten vor – Professor Palicatti –, der zum Gruß zwinkerte. Candido setzte sich, der einladenden Handbewegung des Richters folgend, den beiden gegenüber. Der Richter sah ihn forschend an, Professor Palicatti fixierte ihn mit einem unbestimmten, erloschenen Blick.

«Nun ...», begann der Richter. «Nun ...» Und er ordnete Papiere, berührte Federhalter und Bleistift, schien dort die Worte zu finden, die an das «Nun» anzuhängen waren. «Nun, wie Sie wissen, haben Ihre Verwandten die Absicht, Sie entmündi-

gen zu lassen ... Und was sagen Sie dazu?»
«Nichts: dazu müssen doch Sie etwas sagen.»
«Richtig: dazu muß ich etwas sagen ... Ich und Professor Palicatti ... Professor Palicatti», erläuterte er, «ist Psychiater.»
«Ach», machte Candido. Er hatte es nicht erwartet, doch er hätte es erwarten müssen, daß auch ein Psychiater hinzugezogen würde.
«Nun also», setzte der Richter von neuem an, «Sie sagen nichts zu diesem Vorgehen Ihrer Verwandten, Sie entmündigen zu lassen.»
«Ich kann sagen, es ist ein Wahnsinn, sich mit der Betreuung meiner Dinge belasten zu wollen.»
«Ein Wahnsinn, sagen Sie.» Der Richter schien zufrieden. «Ein Wahnsinn ... Ausgezeichnet ... Was halten Sie davon, Professor Palicatti?»
Der Professor hob seine Rechte, und das konnte Verurteilung, Freispruch, Abwarten und Indifferenz bedeuten.
«Demnach», insistierte der Richter, «halten Sie das Vorgehen Ihrer Verwandten, Ihnen die Verfügungsgewalt über Ihr Eigentum absprechen zu lassen, nicht für verwerflich.»
«Von einer persönlichen, egoistischen Warte aus komme ich zu der Ansicht, daß es eine gute Tat ist.»
«Hören Sie?» wandte sich der Richter an den Professor. Und nun äußerte sich seine Befriedigung in einem Grinsen.

«Ich höre, ich höre», sagte der Professor einigermaßen irritiert.

«Aber», fragte der Richter, «warum haben Sie dann nicht spontan, ohne daß es erst soweit kommen mußte», und er fuhr mit seiner Hand über die Papiere, die vor ihm lagen, als wollte er sie durchblättern, «warum haben Sie dann nicht die Verwaltung, die Sorge, den Schutz Ihres Eigentums Ihren Verwandten angeboten?»

«Sie haben mich nicht darum gebeten. Und dann glaubte ich auch, das sei zuviel verlangt.»

«Ach, zuviel verlangt ... Ausgezeichnet ...» Er richtete einen fragenden Blick auf den Professor, nahm ihn aber, da er nur ins Leere ging, gleich wieder zurück.

«Und dann», fügte Candido hinzu, «da es nun schon einmal das Gesetz gibt und sie sich an das Gesetz gewandt haben, ist es doch besser, die Dinge in Ordnung zu bringen, nach den Gesetzesvorschriften, nach den Rechtsvorschriften.»

«Nach den Gesetzesvorschriften, nach den Rechtsvorschriften ... schön», meinte der Richter, «sehr schön.» Und verharrte in Nachdenken, wie von der Schönheit dieser beiden Worte, dieser beiden Ideen verzückt: Gesetz, Recht. Dann sagte er: «Für meinen Teil kann dies genügen ... Und Sie, Herr Professor, haben Sie noch eine Frage an unseren Freund?» Der Ausdruck «unser Freund», und der Ton, der darin lag, vermittelten Candido die Erkenntnis, daß der Richter ihn nun ganz und gar für wert befand, entmündigt zu werden, wie dies die Verwandten beantragt hatten.

«Viele Fragen», sagte der Professor.

«Bitte sehr», forderte ihn der Richter auf.

«Also», sagte der Professor, «ich möchte etwas über seinen Ausschluß aus der Kommunistischen Partei erfahren.»

Candido erzählte die Geschichte genauso, wie sie sich abgespielt hatte.

«Ich würde», sagte der Professor, als Candido seinen Bericht beendet hatte, «den Entmündigungsbeschluß über die Kommunistische Partei verhängen.»

«Aber wie denn», wunderte sich der Richter, «sind Sie denn kein Kommunist?»

«Doch, das bin ich», sagte der Professor, «aber, sagen wir, ein wenig refoulé.»

«O Gott ... chinesisch?» fragte der Richter besorgt.

«Nicht gerade ... Aber machen Sie sich keine Gedanken: ich werde diesen Fall einem Kollegen übergeben, er ist Sozialdemokrat ... ein gewissenhafter Mann, überaus tüchtiger Arzt ... Doch Herr Munafò muß auf alle Fälle für einige Tage in eine Klinik: zur Beobachtung ... man kann das nicht so Hals über Kopf ...»

«Schon gut, schon gut ...» schnitt ihm der Richter das Wort ab. «Wir sprechen gleich noch darüber ... Herr Munafò, Sie können unterdessen gehen.»

Und so geschah es, daß Candido zwei Tage im Irrenhaus verbrachte. Bei guter Behandlung. Doch er wurde beinahe verrückt, als er sah, wie die andern behandelt wurden. Und obgleich er nicht verrückt wurde, bekam er doch von dem tüchtigen, gewissenhaften und sozialdemokratischen Arzt jenen Bescheid über seine Schwachsinnigkeit ausgestellt, den sich der Richter, seine Verwandten und er selbst erwartet hatten.

Über das Fest, das die Verwandten zur Belohnung für Candidos Verhalten vor dem Richter und den Ärzten veranstalteten; und über das Mißgeschick, das den Verwandten aus diesem Fest entstand.

Von den Begebenheiten, die Candidos Entmündigung begleiteten, blieben zwei von bleibender Bedeutung in seinem Gedächtnis: Professor Palicattis Verzicht auf seinen Fall und die plötzlich aufflammende Zuneigung seiner Verwandten nach erfolgtem Entmündigungsbeschluß.

Professor Palicatti war das erste Exemplar eines links von den Kommunisten stehenden Kommunisten, dem Candido begegnete. Er hatte wohl gehört, daß es sie gab, war aber nie auf einen gestoßen. Die Ungeniertheit, mit der es der Professor abgelehnt hatte, nach seinem Urteil über die Kommunistische Partei und nachdem er des Richters Mißtrauen erweckt, sich mit der Angelegenheit zu befassen und sein Gutachten abzugeben, hatte Candido schrecklich beeindruckt. Er war ihm anschließend in der Klinik begegnet, dem Herrn Professor; war auf ihn zugegangen, hatte sich zu erkennen gegeben. «Ach, ja», hatte der Professor gesagt, «ich erinnere mich ...» Als wären fünf Jahre vergangen und nicht fünf Tage, seit sie sich vor dem Richter gesehen hatten. «Aber, mein lieber Freund, mit diesen schmutzigen Angelegenheiten will ich nichts zu tun haben ... Geld und Gut: glauben Sie denn, ich mache mir etwas daraus, ob es bei Ihnen bleibt oder auf Ihre Verwandten übergeht? Vernichten muß man sie, vernichten: Geld, Gut, Sie, die Verwandten ...» und war wütend weggegangen, sich zornig durch die Haare fahrend. Candido war verblüfft zurückgeblieben, insbesondere ob jenes «Mein lieber Freund», das wie ein Echo auf das richterliche geklungen hatte.

Was seine Anverwandten betraf, so glaubte Candido, daß sie, weil er ihrem Ansuchen zugestimmt und dieses vor dem Richter und dem Arzt de facto als recht und billig bestätigt hatte, zu der Überzeugung gekommen waren, ihn wirklich zu mögen; und weil sie das Gewissen drückte, ihn so viele Jahre hindurch nicht gemocht zu haben, sie nun kaum erwarten konnten, es ihm zu beweisen. Und da Candido ihnen seinen Entschluß mitgeteilt hatte, vielleicht auf Nimmerwiederkehr abzureisen (ein Entschluß, dem sie in ihrem Innern begeistert zustimmten und nur hofften, daß er von Dauer sein werde), sie nun ihrerseits beschlossen hatten, all die Zuneigung, derer sie sich für die Vergangenheit schuldig fühlten und ihm für die Zukunft hätten geben wollen, auf eine vollzählige und prunkvolle

Familienzusammenkunft zu konzentrieren und darin zum Ausdruck zu bringen; beinahe ein Fest.
Diese Verwandten, die ihn jetzt so sehr mochten, waren Candido kaum bekannt. Zwei Tanten, zwei Onkel, die Männer der Tanten, die Frauen der Onkel; und ein Dutzend Vettern und Basen. Und dann gab es noch andere entferntere Verwandte. Candido brachte Gesichter und Namen durcheinander, quälte sich damit einen guten Teil des Abends. Schließlich schälte sich dann aus dieser Menge, die einem ständig gemischten Kartenspiel glich, die rechte Figur heraus: die unverwechselbare, auf die man sich verlassen kann, wie dies den Schüchternen und Verlorenen, die sich in zahlreicher und unbekannter Gesellschaft befinden, stets widerfährt. Seine Base Francesca, Tochter der Tante Amelia. Als schön konnte man sie nicht bezeichnen, doch in ihren Augen und in ihrem Lächeln war ein Strahlen. Intelligent, lebhaft, jederzeit bereit zu einem Scherzwort und zu einem bissigen Urteil. Sie heftete sich an Candido und Candido an sie: für den Rest des Abends, das heißt bis zum Morgengrauen.
Als sie voneinander Abschied nahmen, sagte Francesca zu Candido: «Ich will mit dir gehen.» Sagte es lächelnd, als sei es ein Scherz, als sei sie im Begriff, es zurückzunehmen, zu fliehen; doch in ihrer Stimme war ein bebender, weinender Klang.
«Wohin?» fragte Candido.

«Wohin auch immer.» Und dies sagte sie mit einem ernsten, entschlossenen Gesicht.

Auf dem Nachhauseweg fragte sich Candido, ob er im Begriff stehe, sich zu verlieben, oder ob er schon verliebt sei. Er nahm sich vor, wie auch immer, so rasch wie möglich abzureisen. Doch als er am nächsten Tag aufs Land hinaus fuhr, hörte er plötzlich, wie sich zum Knattern seines Motorrads noch ein anderes gesellte und immer dichter aufschloß. Francesca fuhr zu seiner Linken, bleich, entschlossen, das Haar im Wind. «Ich mag dich!» rief sie. «Ich dich auch!» rief Candido.

Sie gingen ein paar Stunden zusammen übers Land. Und eine Woche später fuhren sie zusammen ab.

Für Francescas Eltern, für die Onkel und Tanten Francescas und Candidos, für die ganze Verwandtschaft war es ein vernichtender Schlag. Im ersten Augenblick waren sie sich alle gegen Candido einig: der seit seiner Geburt der Familie Munafò Unheil gebracht hatte; es wäre besser gewesen, sich um ihn und seinen Besitz gar nicht zu kümmern; einer wie er, von übler Geburt und noch üblerem Leben, könne überhaupt nicht anders als allem Guten und Schönen Schaden und Vernichtung zuzufügen ... Später schieden sich dann die Meinungen, bildeten sich Parteien. Francescas Eltern gaben sich der Hoffnung hin, das Zusammenleben ihrer Tochter mit Candido werde durch eine Heirat legalisiert und geheiligt: und daher werde Candidos Entmündigung aufgehoben, für die sie ja so viel gearbeitet hatten. Die anderen aber waren der Meinung, man sollte die Aufsicht über die Güter nicht aufgeben. Es gab Streit. Es kam zu einigen Handgreiflichkeiten. Es entstanden dauernde Feindschaften.

Candido und Francesca erfuhren darüber später; doch als Kunde aus einer fernen Welt, aus einer weit zurückliegenden Zeit.

Über die Reisen, die Candido und Francesca machten; und über ihren langen Aufenthalt in Turin.

Candido besaß noch Geld, wenn er auch viel für die Landwirtschaft ausgegeben hatte. Das von den Geizigen angehäufte Geld kommt von so vielen Seiten, kommt aus so vielen Löchern: und es ist jene besondere Art von Geiz erforderlich, Verschwendungssucht genannt, damit es rasch und nach vielen Seiten zerrinnt. Candido hatte Ausgaben gemacht: mit Bedacht, auch wenn sie im Entmündigungsbeschluß als verrückt bezeichnet worden waren; und besaß noch Geld. Schon bevor er Francesca traf, hatte er den Entschluß gefaßt, es für Reisen auszugeben; und Francesca teilte diese Meinung. Anschließend würden sie dann arbeiten. Francesca hatte sich schon immer gewünscht, nach Spanien zu fahren; Candido nach Frankreich. Sie fuhren nach Spanien und Frankreich. Und dann auch nach Ägypten, Persien, Israel. Doch alles war immer wie abgewertet, verglich man es mit dem, wie sie es sich vorgestellt hatten. Nur Barcelona, was dort die Menschen betraf, und Paris, was dort jedes Ding betraf, waren keine Enttäuschungen.

Aber das Schöne bei ihrer Reise bestand darin, daß sie sich liebten, daß sie miteinander schliefen: als würde das Wesen der Orte in ihren Körpern wiederum zur Phantasie werden; als wären eben ihre Körper Phantasie oder Erinnerung jener Orte.
Abenteuer, Zwischenfälle, Umwege gab es nicht. Sich selbst und alle anderen liebend – Kellner, Chauffeure, Fremdenführer, Vagabunden, Kinder aus den Stadtrandsiedlungen, Araber, Juden –, fühlten sie sich auch von allen geliebt. Sie bekamen auch Dinge zu sehen, von denen sie wußten, daß sie geschehen könnten und geschahen, und die, hätte man sie in der Zeitung gelesen, spurlos an einem vorbeigegangen wären: doch erlebt, unauslöschlich und als bemerkenswert in einem haften blieben. Als man in Madrid den Jahrestag des von Franco gewonnenen Bürgerkriegs feierte, erblickten sie an der Seite des «Generalissimus», der aussah, wie auf eine barocke Grabplatte gemeißelt (Candido erinnerte sich an die Fotografie, die sein Großvater im Schlafzimmer aufbewahrte), den aufmerksamen und dem unter ihm paradierenden Militär zulächelnden Botschafter aus Mao-China. Und in Kairo, das ebenso voller Russen wie Rom voller Amerikaner war, sahen sie in einem Café voller Russen (Techniker, hieß es: doch sie bewegten sich immer nur gruppenweise, in der Gangart und mit der Wachsamkeit einer Militärstreife), wie die Polizei einen Studenten verhaftete, weil er,

wie ein Kellner nachher erklärte, des Kommunismus verdächtigt wurde. Das kommunistische China, das einem Sieg des Faschismus die Ehre gab, das kommunistische Rußland als Helfer einer Regierung, die Kommunisten einsperrte: wer weiß, wie viele solcher Widersprüche, Ungereimtheiten, Absurditäten es auf der Welt gibt – sagten sich Candido und Francesca –, die uns entgehen, die wir nicht sehen, die wir uns entgehen lassen und nicht sehen wollen. Wenn man die Dinge nämlich sieht, werden sie einfach; statt dessen haben wir das Bedürfnis, sie zu komplizieren, komplizierte Analysen darüber zu machen, komplizierte Ursachen, Gründe, Rechtfertigungen dafür zu finden. Ja, und sieht man sie, haben sie diese gar nicht mehr; und erleidet man sie, erst recht nicht.

Wieder zurück, reisten sie durch Italien, um sich eine Stadt auszusuchen, in der sie bleiben und Arbeit finden könnten. Candido gefiel Mailand, Francesca gefiel Turin. Sie entschieden sich, in Turin zu bleiben. Don Antonio empfahl sie einem Priester, der sein Priestertum aufgegeben hatte, und einem Priester, der sein Priestertum aufzugeben im Begriff war: dieser fand für Francesca eine Arbeit in einem Kindergarten, jener für Candido eine Arbeit in einer Werkstatt. Sie zogen in die Via Garibaldi, eine Straße voller Sizilianer. Sie waren dort fast wie zu Hause. Und durch Vermittlung der beiden Priester fanden sie auch die Kommunistische

Partei wieder. Sie war ganz anders als in ihrer Stadt. Die hiesigen Kommunisten wußten alles über den Kommunismus. Doch dieses Allwissen lief letztlich auf ein Nichtswissen hinaus. Drunten wußten sie nichts: aber es schien, als wüßten sie alles.
Candido verschwieg den Turiner Genossen nicht die Geschichte seines Parteiausschlusses, erzählte sie ihnen haargenau. Diejenigen, die sie mitanhörten, meinten, dort unten in Sizilien könne alles geschehen und geschehe auch alles; die Kommunistische Partei leider mit inbegriffen. Sie sagten, daß sie ihn im Laufe der Zeit und selbstverständlich mit Zustimmung derjenigen, die ihn ausgeschlossen hatten, wieder aufnehmen würden. Statt dessen begannen sie im Laufe der Zeit, ihm zu mißtrauen.
Alles begann an einem Abend, als man über die Gefahr eines Staatsstreiches in Italien sprach. Alle glaubten sie daran, und keiner, mit Ausnahme von Candido, zweifelte, daß er gelingen könne. Einige sagten, man müsse sich bereithalten, Italien zu verlassen; und fast alle stimmten dem zu. Candido fragte: «Und wohin würdet ihr dann gehen?» Die meisten antworteten, sie würden nach Frankreich gehen; andere, nach Kanada und Australien. Candido fragte, und das fragte er auch sich selbst, weil er ebenfalls, wie die meisten, an Frankreich gedacht hatte: «Warum will denn keiner von uns in die Sowjetunion?» Ein paar sahen ihn schief an, andere murrten. «Ist das ein sozialistisches Land oder

nicht?» bedrängte sie Candido. Fast im Chor gaben sie zur Antwort: «Aber natürlich, gewiß ... Es ist ein sozialistisches Land: warum denn nicht?» «Aber dann», sagte Candido, «müßten wir doch eigentlich hinwollen: wenn wir Sozialisten sind.» Es entstand ein eisiges Schweigen; dann, als wäre es später als sonst, aber es war im Gegenteil früher als sonst, standen sie alle auf und gingen. Einige Tage darauf erfuhr Candido von einem, der wohlwollender war als die anderen, daß die Genossen ihn wegen seiner Worte an jenem Abend nun als Provokateur betrachteten. Und je mehr er in der Folge zu erklären und zu klären versuchte, um so mehr verschlossen sich jene in ihr Mißtrauen und zeigten ihm die kalte Schulter. Candido war darob verbittert und bekümmert. Bis dann eines Abends, nach der Rückkehr von einer dieser Versammlungen, Francesca meinte: «Und wenn es nun lauter Dummköpfe sind?» Und dies war der Anfang für die Befreiung, die Genesung.

Indessen wurde Turin als Stadt immer düsterer. Sie war auf konfuse Art wie halbiert, gleichsam fließend geteilt: zwei Städte, die einander befehdeten, neurotisch, ohne daß man die jeweiligen Stellungen, Verteidigungsanlagen, Vorposten, Spanischen Reiter und Trojanischen Pferde erkannt hätte. Der Norden und Süden Italiens waren in Aktion, versuchten auf irre Weise, sich aus dem Weg zu gehen, und zur gleichen Zeit, einander zu treffen: beide zusammengepfercht, um Automobile zu produzieren, eine für alle unnötige Notwendigkeit, eine für alle notwendige Unnötigkeit. Wirklich, wie das italienische Bild sagt, in eine Flasche gezwängt: und Candido übertrug auf die Stadt das Bild der beiden Skorpione in einer Flasche, womit ein bekannter amerikanischer Journalist die Situation der beiden Atommächte, Sowjetunion und Vereinigte Staaten von Amerika, charakterisiert hatte. Auch der Norden und der Süden Italiens waren wie zwei Skorpione in einer Flasche: in der Flasche Turin.

Er schrieb Don Antonio, wie er Turin sah. Und Don Antonio erwiderte, daß es gewiß eine schreckliche Situation sei: aber die Piemonteser hätten sie ja so gewollt, und es sei nur recht, daß sie dafür bezahlten. Aber auch wir Süditaliener bezahlen dafür, entgegnete Candido. Gewiß, doch irgendwann einmal werden wir die Flasche sprengen: so erwiderte Don Antonio. Er bewegte sich zwischen ultralinks, Maoismus und französischem Mai. Doch stets innerhalb der Kommunistischen Partei. Sie links überholen zu wollen, sagte er, ist reiner, unendlicher, kreisrunder Wahnsinn: man findet sich rechts wieder, ohne es zu merken. Aber, fragte Candido, ist das nicht geradeso, als wäre man in einer anderen Flasche? Ja, antwortete Don Antonio, doch in einer ohne Skorpione.

Über Candidos und Francescas Reisen nach Paris; und über ihren Entschluß, sich dort niederzulassen.

Sie fuhren oft nach Paris. Jedesmal, wenn sie mehr als vier Tage frei hatten: so daß sie, abgesehen von den Stunden, die sie für die Bahnfahrt brauchten, wenigstens drei volle Tage dort waren. Auto besaßen sie keines; sie hatten wie selbstverständlich darauf verzichtet, da sie ja in der Stadt wohnten, von der aus die Autos ganz Italien überschwemmten. Und einer der Gründe dafür, daß sie Paris liebten – abgesehen von der Liebe zur Liebe, der Liebe zur Literatur, von der Liebe zu den kleinen und alten Dingen und zu den kleinen und uralten Handwerken –, war, daß man dort noch laufen konnte, noch spazierengehen, noch mit Vergnügen irgendwo hingehen, um sich etwas anzuschauen, und auch noch stehenbleiben konnte. So gingen sie beispielsweise nur in Paris Hand in Hand; nur in Paris war ihr Gang von genießerischer Langsamkeit. Kurzum, sie fühlten sich frei und gelöst. Gewiß war das eine geistige, eine literarische Angelegenheit: aber irgend etwas lag hier in der Luft, im Rhythmus der Architektur und des bewegten Lebens, was zur Vorstellung, womöglich auch zur Klischeevorstellung paßte, die man sich von der Stadt gemacht hatte, noch ehe man sie kannte. Eine große Stadt voller literarischer, anarchistischer und aphrodisischer Mythen, die ineinander übergreifen und verschmelzen: wie man bei einem Akt von Courbet das Zwischenspiel zwischen einer Liebesumarmung und der anderen, zwischen Kommune und der Konversation mit Baudelaire spürt; doch war es ebenso eine Gesamtheit von kleinen Dörfern, unter denen man sich eines aussuchen, herausgreifen kann, und in jenem leben, das einem am meisten zusagt, in dem wir geboren sind oder in dem zu leben wir uns erträumt haben. Kleine Dörfer, die die große Stadt facettieren und wiederholen; eine große Stadt, die das Land spürt, sich davon ernährt und atmet, es sinnbildlich wiederholt. «Vor den Läden saßen Katzen, sie schwenkten die Schweife wie Fahnen. Sie saßen mit sorgfältig beobachtenden Augen wie Wachhunde vor den Körben mit grünem Salat und gelben Mohrrüben, dem bläulich schimmernden Kohl und den rosaroten Radieschen. Die Läden sahen aus wie Gemüsegärten ... in denen Kaffeeterrassen blühten mit runden Tischchen auf dünnen Beinen, und die Kellner gingen wie Gärtner einher, und wenn sie Kaffee und Milch in die Tassen schütteten, war es, als besprengten sie weiße Beete. An den Rändern standen Bäume und Kioske, es war, als verkauften die

Bäume Zeitungen. In den Schaufenstern tanzten die Waren durcheinander, aber in einer ganz bestimmten und stets übersichtlichen Ordnung. Die Polizisten in den Straßen lustwandelten, ja, sie lustwandelten, eine kleine Pelerine auf der rechten oder auf der linken Schulter – daß dieses Kleidungsstück vor Hagel und Wolkenbruch schützen sollte, war merkwürdig. Doch trugen sie es mit einem unerschütterlichen Vertrauen auf die Qualität des Stoffes oder auf die Güte des Himmels – wer kann es wissen? Sie gingen nicht wie Polizisten herum, sondern wie Nichtstuer, die Zeit haben, sich die Welt anzusehen.»

Genauso wie Paris für den Oberleutnant Franz Tunda im Jahre 1926 (Österreicher, zuerst während des Krieges in Sibirien, dann während des Friedens in Europa vermißt), so war es auch für Candido und Francesca ein halbes Jahrhundert danach. Vielleicht war die Stadt nicht mehr so für jene, die dort geboren waren und lebten, oder für jene, die es schon von früher her kannten. «Paris ist nicht mehr Paris»: eine gängige Meinung, vertreten von denen, die es gut, und denen, die es überhaupt nicht kannten. Für sie aber war Paris immer noch Paris.

Sie fuhren also hin, wann immer sie nur konnten; und immer träumten sie davon, dort zu bleiben. Und da Candido im Betrieb oft davon sprach, machte ihm eines Tages ein Kollege, der sich gerade anschickte, nach Paris zu gehen, um dort im Unternehmen eines Verwandten zu arbeiten, den Vorschlag, ebenfalls überzusiedeln: der Arbeitsplatz sei sicher und die Bezahlung gut; und Paris sei eben Paris. Er sprach mit Francesca. Auf ihre spontane Begeisterung folgte ein sorgenvolles Nachdenken: Candido würde dort zwar die gleiche Arbeit wiederfinden, sie die ihre jedoch verlieren. Und wie würde man denn in Paris leben können, wenn nicht auch sie arbeitete und Geld verdiente?

Sie wollten schon klein beigeben, als Francesca – bei der Lektüre eines schlecht aus dem Französischen übersetzten Buchs und in Anbetracht dessen, wie schlecht es übersetzt war – ein Gedanke kam. Ihr im Internat der Schwestern vom Sacré-Cœur gelerntes Französisch hatte sie nie aufgegeben: im Gegenteil, sie hatte es weiter gepflegt und vervollkommnet. Sie ging zu Einaudi und bat um die Übersetzung eines Buches. Ein wenig erstaunt und eigentlich nur, um sie abzuspeisen und loszuwerden, gab man ihr eine Probeübersetzung aus *Un rêve fait à Mantoue*. Francesca überflog ein paar Seiten. Der Name des Autors Yves Bonnefoy klang fast wie ein gutes Omen. Guterglaube. Der gute Glaube. Doch diejenigen, die ihr die Übersetzung gegeben hatten, waren so guten Glaubens nicht gewesen. Der Text war schwierig: man wollte ihr also den Mut nehmen, wollte, daß sie nur darum wiederkäme, um das Buch zurückzugeben und auf die Arbeit zu verzichten.

Francesca setzte ihren ganzen Ehrgeiz daran. Sie arbeitete sozusagen Tag und Nacht. Als sie zu Einaudi zurückkehrte, wußte sie alles über Bonnefoy, was man aus den Turiner Bibliotheken über ihn erfahren konnte, und brachte das übersetzte Kapitel. Man ließ sie anschließend wissen, es ginge in Ordnung, sie könne ihre Arbeit weitermachen, ihre Übersetzung werde veröffentlicht.

Jeden Abend las sie Candido vor, was sie übersetzt hatte. Bonnefoy gefiel ihnen beiden, sie liebten ihn fast. *Ein Traum in Mantua*. Eines Abends, sie standen kurz vor ihrer Abfahrt nach Paris, und ihnen war, als hätte sie ein Traum überkommen, als wären sie mitten in einem Traum, sagte Candido: «Weißt du, was unser Leben ist, das deine und das meine? Ein Traum in Sizilien. Vielleicht sind wir noch dort und träumen gerade.»

Über den Briefwechsel zwischen Candido und Don Antonio; und über Don Antonios Reise nach Paris.

Don Antonio billigte ihre Übersiedelung nach Paris. Er billigte fast alles, was aus einer Unruhe entsprang oder ein Versuch war, das zu verwirklichen, was man wollte oder erträumte. Und billigte es mit der Schwermut dessen, der ein Gefangener ist und andere nicht um die Freiheit beneidet, derer sie sich erfreuen: nur ist da eben die Schwermut, das Bedauern, in einem gewissen Augenblick des Lebens den Weg für einen möglichen Ausbruch, den Weg in eine mögliche Freiheit nicht erkannt zu haben. «Ich fühle mich immer mehr als Priester», schrieb er, «und dabei hilft mir, und auf diese Hilfe hätte ich gern verzichtet, die Fortentwicklung der Partei; eine Fortentwicklung, die ich nicht mißbillige und gegen die ich nichts einzuwenden habe (ein Marxismus, der sich nicht weiterentwickelt, sich nicht auf die Realität einstellt, nicht anpassungsfähig ist, wäre eine Paralyse, eine Verneinung seiner selbst), es sei denn in bezug auf mich selbst, auf dieses mein Ich, das nicht sterben will und möchte, daß ihm andere beim Sterben behilflich sind ... Vielleicht werde ich heiraten ... Vielleicht werde ich wieder mein Priesteramt ausüben ...» Zuweilen überfielen ihn Anwandlungen von Linksextremismus, schimpfte er auf die Partei: «Die Partei der Arbeiterklasse! Und um so mehr, das heißt um so weniger noch der versorgten Arbeiterklasse! Als ob die versorgte Arbeiterklasse, gerade weil sie versorgt ist, gerade weil sie nicht besorgt ist, gegen Korruption immun wäre, wenn sie sich innerhalb eines korrupten Gefüges befindet, wie dies ja der Fall ist ... Nur aus der Arbeitslosigkeit und der Schule, die schließlich das gewaltige Vorzimmer der Revolution darstellt, kann, ich sage nicht gerade eine Revolution, denn die ist ja mittlerweile auf einen unbestimmten Zeitpunkt vertagt, sondern die Kraft für eine wirkliche und wirksame Veränderung der italienischen Verhältnisse kommen ... Doch von Arbeitslosen und Studierenden will die Partei nichts wissen, viel weniger noch als jene von der Partei wissen wollen. Bei dem Wort Studenten zieht ein guter Kommunist die Pistole: wie ein Dr. Goebbels bei dem Wort Intellektuelle. Aber ich bin kein guter Kommunist ...» Aber manchmal zog auch er die Pistole: «Die studentische Linke hat nicht begriffen (und konnte es nicht begreifen, da sie aus den Nachkömmlingen des Bürgertums hervorgegangen ist), daß man einem Arbeiter, der endlich zu essen hat, nicht sagen kann, er riskiere, nicht revolutionär genug zu sein, gerade, weil er zu essen hat. Das Linsengericht zu verschmähen, um sich das revolutionäre Erstgeburtsrecht wiederzuerwerben, hält die Arbeiterklasse keineswegs für richtig: und deshalb vermutet sie in dem Freund, der ihr von links, mit roten Fahnen und Leninbildern daherkommt, jenen alten Feind, der bis gestern nur von rechts kam.» Und von neuem knöpfte er sich die Partei vor: «Gestern traf ich einen Jungen, der aus Moskau zurückkam. Vier Monate ist er dort gewesen, von der Partei geschickt, um Unterricht in Marxismus-Leninismus zu bekommen; also in Stalinismus. Genau, wie man das vor zwanzig Jahren machte. Heute fragte ich den Abgeordneten di Sales danach: er sagte, er wisse von nichts und halte es sogar für ausgeschlossen. Ich nannte ihm Namen und Vornamen des Jungen und gab ihm auch noch eine Personenbeschreibung. Er kennt ihn, wußte aber nicht, daß man ihn nach Moskau geschickt hat. Dann bediente er mich mit einem recht skrupellosen Ausdruck. ‹Vielleicht›, meinte er, ‹schickt man die größten Trottel auf diesen Lehrgang.› Ich erwiderte: ‹Ja, schon möglich; aber da auch in der Partei die Zukunft den Trotteln gehört ...› Er lächelte schwermütig: vielleicht ist er davon überzeugt, daß die Zukunft den Trotteln gehört, weil man ihn selbst in der letzten Zeit beiseite geschoben hat. Wenn sich jetzt zwei Kommunisten begegnen (aber es müssen wirklich zwei sein, nicht mehr), reden sie über die Sowjet-

union, die Partei und gewisse Leute in der Partei ebenso unvoreingenommen und freimütig, wie die Priester unter sich über den Papst, über die römische und die bischöfliche Kurie reden ... Jedenfalls besagt diese Geschichte mit dem Jungen, den man zu einem Lehrgang nach Rußland geschickt hat, daß all die schönen Reden über Eurokommunismus, italienischen Kommunismus, Emanzipation von der Sowjetunion nichts als schöne Reden sind ...» Doch einige Monate später: «Den Stalin-Mythos zu liquidieren, ist schon ein großer Fehler gewesen; den der Sowjetunion zu liquidieren, ist ein noch größerer. Und im übrigen glaube ich nicht, daß es sich bei der Sowjetunion um einen Mythos handelt (für die alten Basis-Kommunisten freilich immer noch), hinter dem nichts steckt, oder daß die Sowjetunion gar ein faschistisches Land ist, wie dies einige Kommunisten behaupten, die aber immer noch hinreisen, um sich zu kurieren oder endlose Bankette mitzumachen: die Revolution hat stattgefunden ...»
Candido erzählte ihm in seinen Briefen von Paris, von dem Leben, das er und Francesca führten, von den Dingen, die sie sahen; Don Antonio jedoch schrieb von nichts anderem als von der Partei, von seinem Kommunismus und davon, was die Kommunistische Partei war und nicht war. Jedes Mal war es eine Wahrheit. Schließlich machte Candido den Versuch, alle diese Wahrheiten zusammenzu-

bringen. Sie fügten sich nicht: es war wie ein Aufkochen, ein Überbrodeln ... Er schrieb Don Antonio: «Ich habe Ihre Briefe noch einmal gelesen: es gibt darin so viele und einander so widersprechende Wahrheiten, daß ein Mensch sie gar nicht alle beinhalten kann, geschweige denn eine Partei.» Don Antonio erwiderte: «Eine Partei kann sie nicht alle beinhalten: in der Tat holt sich die Kommunistische Partei auch die schlimmsten davon heraus. Aber die Linke und der Linksstehende wohl ... Diese Vielzahl von Wahrheiten, die notwendigerweise beisammen sein müssen, sind das Drama des Linksstehenden und der Linken. Und die Kommunistische Partei muß sie wieder alle durchleben, will sie nicht aus der Linken ausscheren ... Das ist wie für die Katholiken das Problem des Freien Willens und der Vorsehung: zwei Wahrheiten, die koexistieren müssen.» Candido wußte nicht viel über das Problem des Freien Willens und der Vorsehung. Er erwiderte: «Und wenn das Beisammensein so vieler Wahrheiten eine Lüge wäre? Dies ist eine einfache Frage, auf die sich eine einfache Antwort finden könnte.»
Don Antonio erwiderte: «Wir sprechen darüber, wenn ich nach Paris komme.» Seit sie sich in Paris niedergelassen hatten, sagte er, daß er eine Reise nach Paris machen würde. Nachdem er die Reise von einem Monat auf den andern, von einem Jahr auf das andere verschoben hatte, machte er sie im

August 1977. Candido und Francesca holten ihn an der Gare de Lyon ab. Er war sehr gealtert; und übermüdet, benommen von der Reise. Doch während der Taxifahrt von der Gare de Lyon ins Hotel in Saint-Germain, wo sie ein Zimmer für ihn bestellt hatten, erholte er sich schon allein beim Lesen der Straßen- und Brückennamen, beim Anblick der Seine und von Notre-Dame und wurde wieder – lebhaft, neugierig, unternehmungslustig – der Don Antonio, der er vor zehn Jahren gewesen.

Über Candidos Begegnung mit seiner Mutter und über den Abend, den sie zusammen verbrachten; und wie es dazu kam, daß Candido sich an jenem Abend glücklich fühlte.

«Abends ging ich zu Lipp.» Es war wie ein musikalisches Motiv, wie ein Schlagermotiv, das Don Antonio jedesmal dann einfiel, wenn er daran vorbeikam; und er kam mehr als einmal innerhalb eines Tages daran vorbei, weil es in der Nähe seines Hotels war. «Abends ging ich zu Lipp.» Hemingway oder Fitzgerald? Vielleicht Hemingway, *Fiesta*. Einmal war Candido bei ihm, als er diesen Satz nicht in Gedanken, sondern halblaut wiederholte. «Abends ging ich zu Lipp.» Und Candido sagte: «Und heute abend gehen wir hin ... Nein, nachmittags; abends bekommt man nur schwer einen Platz.»
Sie gingen am Nachmittag hin. Alle Tische waren besetzt, und sie warteten, bis einer frei wurde. Endlich bekamen sie einen in einer Ecke. Zu dritt saßen sie da recht unbequem: doch Don Antonio wollte, was Candido verstand, auf dem Verzeichnis der sagenumwobenen Pariser Örtlichkeiten,

das er sich in vielen Jahren der Lektüre zusammengestellt hatte, auch diese Örtlichkeit als besucht abhaken.
Francesca und Candido bestellten Kaffee; Don Antonio einen Armagnac: dies, weil er von dem Kaffee, den man in Paris machte, nicht mehr als einen Schluck trinken konnte, aber auch, weil er in Paris literaturkonform essen und trinken wollte. Also Armagnac. Oder Pastis. Oder Calvados. Eine mutige Literaturhuldigung für einen Sizilianer, der so gut wie Antialkoholiker und nur gewöhnt war, zum Mittag- und Abendessen jeweils ein halbes Glas Rotwein zu trinken: wie fast alle Sizilianer.
Sie sprachen über Hemingway und Fitzgerald, über die Amerikaner in Paris, über die amerikanischen Schriftsteller, die Don Antonio in den Jahren des Faschismus gelesen hatte und die ihm damals allesamt als ganz Große vorgekommen waren, während sie später von Candido und Francesca nur flüchtig und sogar widerwillig gelesen wurden. Am Nebentisch saß ein amerikanisches Ehepaar. Es konnte gar keinen Zweifel geben, daß es sich um Amerikaner handelte. Der Mann hatte schlohweißes, wohlgekämmtes Haar über einem vollen rosigen Gesicht, eine Brille mit dünner Metallfassung, eine Zigarre zwischen den Zähnen; die Frau war alt im Gesicht, das Haar weiß mit einem Schimmer ins Violette, die Brille groß und schwer und in Schmet-

terlingsform, ihr Körper schlank und jugendlich. Doch hatte er etwas Müdes, Gelangweiltes, Schläfriges: ganz im Gegensatz zur Hast, zur Unstetigkeit, mit der sie sprach und ihre Hände bewegte. Nur die amerikanischen Frauen sind so alt und gleichzeitig so jung; und nur die amerikanischen Männer haben diesen verschlafenen Nachmittagsausdruck – eines guten Nachmittags, doch fast schon an der Grenze des Überdrusses – ihren Frauen gegenüber.

Als Francesca, Don Antonio und Candido am Tisch neben ihnen Platz nahmen, redete sie, und ihr Mann nickte dazu beinahe rhythmisch. Dann verstummte sie: sie schien verstehen zu wollen, was die Neuangekommenen sagten. Schließlich wandte sie sich ihnen zu und fragte auf italienisch: «Italiener?» Francesca, Don Antonio und Candido bejahten. «Ich bin auch Italienerin», sagte die Amerikanerin. Es schien, als hätten sie sich sonst nichts zu sagen; doch nachdem die Frau sie lange und forschend angesehen hatte, fragte sie noch: «Sizilianer?» Und als eine bejahende Antwort kam, äußerte sie ihrem Mann gegenüber ein langes «Oh!» der Verwunderung und Freude, das typische «Oh!» der Amerikaner, das man wie ein sich schlängelndes, sie alle verbindendes Band aus der Menge ertönen hört, die am 14. Juli dem Feuerwerk über der Seine beiwohnt: jedesmal, wenn am Himmel ein neues Licht aufblüht. «Auch ich bin

Sizilianerin», sagte sie darauf und sah sie wiederum forschend an, doch zugleich mit Zaudern und Gespanntheit, als müßte die Frage, die sie zu stellen beabsichtigte, die Schicksalskarte aufdecken.
Endlich entschied sie sich: «Aus welcher Stadt?»
Don Antonio nannte den Namen ihrer Stadt.
Bebend vor Erregtheit und Bewegung erhob sie sich; die Hand vor die Brust gepreßt, als müßte sie ihr Herzklopfen zurückhalten. Sich an Don Antonio wendend, doch den Blick auf Candido sagte sie: «Sie sind der Erzpriester Lepanto; und du ...»
Doch schon seit ein paar Sekunden wußte Candido, daß diese Frau seine Mutter war.
Es gab bei Lipp eine Feuilletonszene, das Dazutreten des Kellners machte ihr ein Ende. Sie zahlten und gingen. Signora Maria Grazia nahm ihre große Schmetterlingsbrille ab und trocknete sich die Tränen. Sie behutsam stützend und ihren Namen «Grace, Grace» wiederholend, sah ihr Ehemann vorwurfsvoll auf die drei: wie auf Eindringlinge, die ihnen den Urlaub verdarben.
Grace gewann ihre Fassung wieder. Auf ihren Mann zeigend, sagte sie zu Candido: «Das ist ...»
Vielleicht wollte sie sagen dein Vater, vielleicht auch mein Mann. Sie wurde plötzlich hochrot und verlor die Fassung. Nach einer Weile sagte sie: «Das ist Amleto.» Amleto drückte Candido, Don Antonio und Francesca mit Herzlichkeit die Hand und fragte jeden von ihnen auf italienisch:

«Wie geht's?» Alle drei antworteten sie, daß es ihnen gut ginge.
Für Grace und Amleto war es der letzte Abend in Paris: am nächsten Tag würden sie abreisen, und Amleto konnte auch die Abreise nicht verschieben. Schade, daß sie sich ausgerechnet an diesem letzten Abend erst getroffen hatten. Candido lebte ja in Paris, und sie waren seit zwei Wochen hier: wie schön, wenn sie sich vorher begegnet wären! An diesem Abend würden sie jedenfalls zusammenbleiben. Amleto lud sie alle drei zeremoniös zum Abendessen ein: in ein bekanntes Restaurant.
Sie gingen durch Paris und sprachen dabei von ihrer Stadt (die auch Amleto ein wenig als die seine betrachtete, da er sie ja einige Monate lang zu seinen Füßen gehabt und in ihr die Frau seines Lebens gefunden hatte), von Sizilien, Italien, Europa. Ohne es eigentlich zu wollen, vermieden sie es, von ihrem eigenen Leben zu sprechen. Aber sie dachten daran, besonders Sohn und Mutter: und beide zwangen sie sich vergeblich zu Liebe, zu Reue. Wären sie allein gewesen, sie hätten sich nichts zu sagen gehabt; oder nur wenig. Glücklicherweise gab es da noch Don Antonio und Amleto, die ein Gespräch über Politik begannen.
«Vierunddreißig Jahre danach ...», fing Don Antonio an.
«Dein Alter», unterbrach Grace und sah zärtlich auf Candido.

«Vierunddreißig Jahre danach», nahm Don Antonio den Faden wieder auf, «kann ich Sie vielleicht etwas fragen, wobei ich hoffe, daß Sie mich nicht für indiskret halten.»

«Fragen Sie», sagte Amleto.

«Nun, meine Frage lautet: wie haben Sie es fertiggebracht, sich schon ein paar Tage nach Ihrem Eintreffen in unserer Stadt die übelsten Einwohner für die öffentlichen Ämter auszusuchen? Waren die gleich in Ihrer Umgebung oder hatte man sie Ihnen vorher genannt?»

«Waren es die übelsten?» fragte Amleto schmunzelnd.

«Ja, das waren sie ... Aber wissen Sie, ich frage Sie jetzt nur, sagen wir, aus geschichtlicher Neugierde und ohne jede Spur von Polemik.»

«Die Frage kann ich schon beantworten, und ich glaube nicht, daß ich noch zur Geheimhaltung verpflichtet bin: Ich habe sie mir nicht ausgesucht. Als man mich in Ihre Stadt schickte, gab man mir eine Liste der Personen, auf die ich mich stützen mußte ... Ich mußte: es war also ein Befehl.» Und er fügte noch förmlich hinzu: «Ich bedaure.»

«Wir haben es noch mehr bedauert», sagte Don Antonio. «Jedenfalls hatte ich das schon immer vermutet. Ich meine: daß Sie schon mit einer Liste der Mafia-Bosse angekommen sind.»

«Ich kann Ihnen sagen, daß auch ich dasselbe vermutete, daß man mir nämlich eine Liste von

Mafialeuten gegeben hatte ... Aber schließlich befanden wir uns im Krieg ...»

Sie sprachen über den Krieg und den Frieden; und über Deutschland. Grace und Amleto hatten zwei Monate lang Europa bereist: nur von Deutschland waren sie nicht enttäuscht gewesen. «Europa», sagte Amleto, «ist ein Waisenhaus geworden: die Waisen von de Gaulle, die Waisen von Franco, die Waisen von Salazar; und in Italien die Waisen der Kommunistischen Partei ... Allein die Deutschen haben einen Vater, wenn er auch ein Geist ist.»

«Ein Geist wie Hamlets Vater für Hamlet», sagte Don Antonio.

Amleto lächelte bei der Anspielung auf Hamlet. «Aber», meinte er, «da sich in Europa nur Sartre darüber beunruhigt, warum sollten dann ausgerechnet wir Amerikaner uns darüber beunruhigen, meinen Sie nicht auch? Ich glaube, ganz im Gegenteil ...»

Sie waren bereits im Restaurant. Grace gebot: «Schluß jetzt mit der Politik, denken wir lieber ans Essen.» Amleto war ein Weinkenner, er wählte aus und unterbreitete seine Auswahl den andern zur Beurteilung: aber keiner verstand so viel davon wie er.

Sie aßen gut; Amleto und Don Antonio tranken reichlich, die andern mäßig.

Sie begleiteten Grace und Amleto in ihr Hotel. Grace forderte Candido und Francesca auf, nach

Amerika überzusiedeln. «Früher oder später», versprach Candido, «werden wir einmal kommen. Aber wohnen, auf die Dauer wohnen möchte ich hier ... hier spürt man, daß etwas zu Ende geht und etwas seinen Anfang nimmt: ich möchte sehen, wie das zu Ende geht, was zu Ende gehen muß.» Als seine Mutter ihn noch einmal umarmte, dachte sie: «Er ist ein Ungeheuer»; doch sagte sie mit Tränen: «In Amerika gibt es alles: ich erwarte dich.»
Candido, Francesca und Don Antonio gingen die Champs-Elysées hinunter. Die Nacht war lau und köstlich. Sie beschlossen, sie mit einem Spaziergang durch Paris zu verbringen, weil der nächste Tag ein Sonntag war. Die guten Weine hatten Don Antonio, man kann nicht gerade sagen Lustigkeit, aber Phantasie, Freiheit verliehen. Er sagte: «Du hast recht, es ist wahr: hier spürt man, daß etwas zu Ende geht; und das ist schön ... Bei uns geht nichts zu Ende, geht nie etwas zu Ende ....» Ihm kam beinahe ein Schluchzen.
Sie kamen an den Maillol-Statuen vorbei: Don Antonio hätte am liebsten neben einer dieser Bronzefrauen geschlafen. «Schlafen», sagte er, «in Keuschheit schlafen: den keuschesten Schlaf meines Lebens.» Und sprach lange über die Keuschheit im Latein der Heiligen Väter.
Sie gingen über die Brücke Saint-Michel, und Don Antonio setzte fast predigend an: «Hier, im Jahre 1968, im Monat Mai ...»

«Waren das unsere Großväter oder unsere Enkel?» unterbrach ihn Candido.
«Aufregende Frage», meinte Don Antonio. Und verstummte. Er überlegte, brummelte vor sich hin.
Vom Quai bogen sie in die Rue de Seine. Vor der Voltaire-Statue blieb Don Antonio stehen, klammerte sich an den Mast eines Verkehrsschildes, senkte seinen Kopf. Es schien, als würde er beten.
«Das ist unser Vater», rief er dann, «das ist unser wahrer Vater!»
Mit sanfter Gewalt löste ihn Candido von dem Pfahl, stützte ihn, zog ihn mit sich fort. «Fangen wir nicht wieder mit den Vätern an», sagte er. Er fühlte sich als Kind eines günstigen Schicksals; und glücklich.

Racalmuto, 3. Oktober 1977

Bemerkung des Autors

Montesquieu sagt, «ein Originalwerk läßt fast stets fünf- oder sechshundert weitere Werke entstehen, die sich des ersten etwa in der Weise bedienen, wie sich die Geometer ihrer Formeln bedienen». Ich weiß nicht, ob Candide als Formel für fünf- oder sechshundert weitere Bücher gedient hat. Doch ich glaube, leider nein: sonst hätten wir uns nämlich über so viele Literatur weniger gelangweilt. Wie auch immer, ob diese Erzählung von mir nun die erste oder die sechshundertste ist, ich versuchte mich dieser Formel zu bedienen. Aber mir scheint, es ist mir nicht gelungen, und dies Buch gleicht meinen anderen. Solche Raschheit und Leichtigkeit ist nicht wiederholbar: auch von mir nicht, der ich meine, den Leser nie gelangweilt zu haben. Und wenn nicht das Ergebnis, so gelte doch die Absicht: ich habe den Versuch gemacht, rasch und leicht zu sein. Doch schwer ist unsere Zeit, recht schwer.

Eveline Hasler

Anna Göldin – Letzte Hexe

Roman

256 Seiten, gebunden
ISBN 3 545 36356 2

Am 18. Juni 1782, im Zeitalter der Aufklärung, wurde in Glarus die letzte Hexe durch das Schwert enthauptet: Anna Göldin.

Eveline Hasler geht in diesem Roman ihrer Geschichte nach. Ein beeindruckendes Buch, spannend und einfühlsam. Es erzählt vom Aberglauben, der sich seine Opfer nicht zufällig unter jenen Frauen suchte, die Außenseiterinnen waren, von einer Zeit im Umbruch zwischen Absolutismus und Aufklärung.

«Präzise, bildhaft bis ins Detail und oft voll reiner Poesie, erzählt Eveline Hasler diese haarsträubende Geschichte. Intensives Aktenstudium, Kenntnis von Land und Leuten, Wirtschaft und Brauchtum – das ist Voraussetzung, will man dergleichen schreiben. Mitgefühl mit dem Opfer, Verzweiflung über die Dummheit der Patriarchen – auch das gehört dazu.»

Die Welt

«Der Zusammenhang von Herrschaft, sexueller Ausbeutung und Brutalität tritt in diesem Buch geradezu fürchterlich zu Tage. Nicht zuletzt deshalb, weil die Autorin gewissenhaft und ruhig, aber mit großer Anschaulichkeit erzählt.
Durch ihre genauen sozialgeschichtlichen Recherchen und die geradezu zärtliche Hinwendung zu dem armen, geschundenen Wesen Anna Göldin ist der Autorin ein Roman gelungen, dessen Appell an soziale Phantasie des Lesers auch politische Sprengkraft hat.»

Die Zeit

BENZIGER

Leonardo Sciascia im dtv

›Der Tag der Eule‹

In der Via Cavour liegt ein Toter. Mehr als ein Dutzend Menschen waren dabei, als er starb. Aber niemand will etwas gesehen haben, keiner will reden ... dtv 10731

›Tote auf Bestellung‹

Der Apotheker der sizilianischen Kleinstadt erhält einen anonymen Drohbrief. Bald darauf wird er, zusammen mit einem Freund, auf der Jagd erschossen. An einem Kriminalfall entlarvt Sciascia die zynische und zugleich angstbesessene Verschworenheit einer Gesellschaft, die den Mörder kennt und ihn dennoch ihr geachtetes Mitglied sein läßt, und den Ermordeten als Dummkopf betrachtet, weil er sich einmischte. dtv 10800

›Tote Richter reden nicht‹

Als die Ermittlungen über die brutale Ermordung eines Staatsanwalts an einem toten Punkt angekommen sind, beschließt der Polizeiminister, Inspektor Rogas einzusetzen, den scharfsinnigsten Untersuchungsbeamten der sizilianischen Polizei. dtv 10892

›Sizilianische Verwandtschaft‹

Vier frühe Erzählungen des großen sizilianischen Autors, in denen er mit den Traditionen der Ausbeutung vom 19. Jahrhundert bis zum Faschismus und der Nachkriegszeit abrechnet. dtv 11082

Todo Modo
oder das Spiel um die Macht

Alljährlich treffen in einer zur komfortablen Tagungsstätte umgebauten Einsiedelei Topmanager von Industrie und Kirche auf Politiker und Bankiers, um unter dem Deckmantel geistiger Exerzitien Verbindungen anzuknüpfen und Absprachen auszuhandeln. In diese Atmosphäre von Intrige, Parteiinteresse und Korruption platzt eine Nachricht: Einer der Teilnehmer wurde ermordet aufgefunden. dtv 11168

Candido
oder ein Traum in Sizilien

Candido wächst nach Kriegsende bei Palermo auf. Seine Erziehung wird in die Hände eines klugen Priesters gelegt, der Candidos Intelligenz und Charakter erkennt und ihm auf dem Weg der Wahrheitssuche weiterhilft. Dabei stoßen sie rasch auf Zweideutigkeiten und Widersprüche der italienischen Gesellschaft. dtv 11231 (Juli 1990)

Italo Calvino im dtv

Das Schloß, darin sich
Schicksale kreuzen

Der Schloßherr zieht ein Kartenspiel hervor, Tarockkarten. Und plötzlich scheinen die Figuren den Anwesenden zu gleichen. dtv 10284

Die unsichtbaren Städte

»Calvino entwirft im stilistisch knappen und eleganten Filigran seiner 55 Städteportraits eine Vision unserer Welt ...« (Basler Zeitung)
dtv 10413

Foto: Isolde Ohlbaum

Wenn ein Reisender
in einer Winternacht

Ein brillantes Verwirrspiel um einen Lesenden und eine (Mit-)Leserin, die von einer Geschichte in neun andere geraten.
dtv 10516/dtv großdruck 25031

Der Baron auf den Bäumen

Als Zwölfjähriger steigt der Baron auf eine Steineiche und wird bis zu seinem Tode nie mehr einen Fuß auf die Erde setzen. dtv 10578

Der geteilte Visconte

Medardo di Terralba kehrt aus den Türkenkriegen im wahrsten Sinne in zwei Teile gespalten zurück. Zu allem Überfluß verlieben sich auch beide Hälften des Visconte, die gute wie die schlechte, in dieselbe Frau.
dtv 10664

Der Ritter, den es nicht gab

Innen hohl, besteht Ritter Agilulf nur aus Rüstung, Kampfgeist und Pflichtgefühl: das Musterbild eines ordentlichen Soldaten. dtv 10742

Herr Palomar

Herrn Palomars Leidenschaft ist das Betrachten; immer treiben ihn seine Phantasie und diskrete Neugier in wahrhaft abenteuerliche Denkspiralen und Selbstgespräche.
dtv 10877

Abenteuer eines Reisenden

Auf seine unnachahmliche Art seziert Calvino scheinbar alltägliche menschliche Begegnungen so genau, daß sie zu phantastischen Abenteuern werden.
dtv 10961

Zuletzt kommt der Rabe
Erzählungen

Fesselnde Skizzen von der brutalen Realität des Partisanenalltags während des Zweiten Weltkriegs und prägnante Ausschnitte aus dem Leben der kleinen Leute in der ersten Nachkriegszeit.
dtv 11143

Umberto Eco im dtv

Foto: Isolde Ohlbaum

Der Name der Rose

Daß er in den Mauern der prächtigen Benediktinerabtei das Echo eines verschollenen Lachens hören würde, das hell und klassisch herüberklingt aus der Antike, damit hat der Franziskanermönch William von Baskerville nicht gerechnet. Zusammen mit Adson von Melk, seinem jugendlichen Adlatus, ist er in einer höchst delikaten politischen Mission unterwegs und wird mit kriminellen Ereignissen und drastischen Versuchungen konfrontiert... dtv 10551 und dtv großdruck 25033

Nachschrift zum ›Namen der Rose‹

»Ich hatte den Drang, einen Mönch zu vergiften. Ich glaube, Romane entstehen aus solchen Ideenkeimen, der Rest ist Fruchtfleisch, das man nach und nach ansetzt.« Ecos Nachschrift zu seinem Welt-Bestseller beweist darüber hinaus, daß die Entstehungsgeschichte und die Prämissen eines großen Romans mindestens genauso amüsant sein können wie das Werk selbst.
dtv 10552

Zeichen in Umberto Ecos Roman ›Der Name der Rose‹

Voller Zeichen, Rätsel und verschlüsselter Hinweise steckt Umberto Ecos faszinierender Roman, der seit seinem Erscheinen Hunderte von Deutungsversuchen ausgelöst hat. Fünfundzwanzig der intelligentesten und witzigsten hat Burkhardt Kroeber, der deutsche Übersetzer, zusammengestellt.
dtv 11129

Über Gott und die Welt
Essays und Glossen

Eco, der Zeichenleser und Spurensucher, flaniert durch die Musentempel und Kultstätten der Massenkultur und nimmt in den Fußballstadien und Spielhallen, in TV-Studios und im Supermarkt, im Kino und auf der Straße Dinge wahr, die uns bisher meist entgangen sind. Der Detektiv Eco kann spielerisch umgehen mit Indiz, Alibi und corpus delicti und zerlegt komplexe Zusammenhänge mit verblüffender Leichtigkeit. dtv 10825

Auf dem Wege zu einem Neuen Mittelalter

Ist unsere Epoche das »Neue Mittelalter«? Neben einem Aufsatz zu dieser Fragestellung enthält dieses Eco-Lesebuch in nuce zwei Kapitel aus dem ›Namen der Rose‹, mehrere Kommentare Ecos zu seinem Roman, eine Laudatio auf Thomas von Aquin und den Festvortrag zum Jubiläum der Mailänder Staatsbibliothek. dtv großdruck 25025

Gabriel García Márquez im dtv

Laubsturm
Drei Menschen sitzen im Haus eines Selbstmörders und lassen in wechselnden Monologen die Vergangenheit an sich vorüberziehen.
dtv 1432

Der Herbst des Patriarchen
García Márquez zeigt Allmacht und Schwäche einer Staatsmacht, die den Mangel an Legitimität mit Gewalt kompensiert. dtv 1537

Der Oberst hat niemand, der ihm schreibt
Ein kaltgestellter Oberst in einem kolumbianischen Dorf erkennt in seinem Hahn das Symbol der Hoffnung und des Widerstands.
dtv 1601

Die böse Stunde
Anonyme Schmähschriften bringen Unruhe in ein kolumbianisches Urwalddorf. Es kommt zu einer Schießerei. dtv 1717

Augen eines blauen Hundes
In diesen Erzählungen sind Einsamkeit und Tod allgegenwärtig, die Dimensionen Raum und Zeit weitgehend außer Kraft gesetzt.
dtv 10154

Hundert Jahre Einsamkeit
Die Geschichte vom Aufstieg und Niedergang der Familie Buendía und ihres Dorfes Macondo.
dtv 10249

Die Geiselnahme
Ein sandinistisches Guerillakommando preßt politische Gefangene aus den Folterkammern des Somoza-Regimes frei. dtv 10295

Bericht eines Schiffbrüchigen
Zehn Tage Hunger und Durst auf einem Floß allein in der Karibik, ständig in Angst vor den Haien. Eine wahre Geschichte.
dtv 10376

Chronik eines angekündigten Todes
Ein Mädchen wird in der Hochzeitsnacht nach Hause geschickt, weil es nicht mehr unberührt war. Seine Brüder beschließen, den angeblichen Verführer zu töten. Das Dorf sieht zu.
dtv 10564

Das Leichenbegängnis der Großen Mama
Acht humorvoll-groteske Erzählungen des kolumbianischen Nobelpreisträgers.
dtv 10880

Die unglaubliche und traurige Geschichte von der einfältigen Eréndira und ihrer herzlosen Großmutter
Sieben Erzählungen
dtv 10881

Yaşar Kemal
im dtv

Das Lied der tausend Stiere

»Es ist die große Ballade vom Kampf eines Nomadenstammes der türkmenischen Karacullu um ihr angestammtes Winterquartier, das ihnen von den ansässigen Bauern und Hirten immer heftiger streitig gemacht wird ... In einer reichen Sprache, in allen erdenklichen Schattierungen von Freude, Hoffnung und Verzweiflung, von Mut und Niedergeschlagenheit, von Trotz und Ergebung ziehen die Gestalten des Stammes vorüber ...« (Neue Züricher Zeitung)
dtv 10377

Anatolischer Reis

Ein junger Landrat nimmt den Kampf auf gegen ausbeuterische Großgrundbesitzer, die in der anatolischen Landschaft Cukurova ohne Rücksicht auf die verarmte und von Malaria geplagte Bevölkerung riesige Landstriche für den Reisanbau überfluten lassen.
dtv 10704

Gelbe Hitze
Erzählungen

Yaşar Kemal greift in diesen sechzehn Erzählungen die Tradition der Wandersänger und Geschichtenerzähler auf und verbindet sie mit seiner eigenen Lebenserfahrung und dem Wissen um die soziale und politische Wirklichkeit seines Landes zu einem anschaulichen Bild des Lebens der Menschen in Südanatolien. dtv 10933

Die Ararat Legende

Dem Hirten Ahmet, der an den Hängen des Berges Ararat lebt, ist ein wunderschönes Pferd zugelaufen. Ein Geschenk Allahs, sagen alle. Doch eines Tages erhebt der Pascha, dem das Pferd gehört, Anspruch darauf. Seine schöne Tochter stellt sich auf Ahmets Seite ... Yaşar Kemal hat eine alte kurdische Legende neu belebt und zur politischen Parabel geformt.
dtv 11147

Saul Bellow im dtv

Foto: Thomas Victor

Humboldts Vermächtnis

Das tragikomische Doppelporträt zweier Schriftsteller in den USA. Die Verflechtung beider Lebenswege, die Darstellung ihrer Beziehung zur erfolgsbesessenen amerikanischen Gesellschaft, der Neid des Älteren auf dem Jüngeren, Ehegeschichten, Bettgeschichten von Mafiosi, von Gebildeten und Ungebildeten verbinden sich zu einem intellektuellen Unterhaltungsroman höchsten Ranges. dtv 1525

Eine silberne Schale
Das alte System

Diese beiden Erzählungen schildern die vielschichtigen Beziehungen und Konflikte innerhalb einer großen jüdischen Familie, zeigen, wie man sich quält und verwöhnt, hilft und übers Ohr haut, und wie man sich trotzdem liebt. dtv 10425

Mr. Sammlers Planet

Mit den Augen eines weise gewordenen europäischen Intellektuellen zeigt Saul Bellow New York aus einer Perspektive, die voller Tragik und Komik zugleich ist: »Alle menschlichen Typen sind reproduziert: der Barbar, die Rothaut, der Dandy, der Büffeljäger, der Desperado, der Schwule, der Sexualphantast, Dichter, Maler, Schürfer...« dtv 11200

Der mit dem Fuß im Fettnäpfchen
Erzählungen

»Ich sehe nicht einmal aus wie ein Amerikaner«, sagt Mr. Shawmut, Held der Titelgeschichte, »– ich bin groß, aber ich habe einen krummen Rücken, mein Hintern sitzt höher als bei anderen Menschen, ich habe stets das Gefühl, daß meine Beine unverhältnismäßig lang sind: man brauchte einen Ingenieur, um die Dynamik auszutüfteln...« – der amerikanische Nobelpreisträger von einer leichten, heiteren Seite. dtv 11215

Der Regenkönig

Eugene Henderson, ein spleeniger Millionär, hat die Nase voll vom »American way of life«, läßt Familie und Reichtum hinter sich und sucht sein Glück in Afrika. Dort wird er von den Wariwaris zum Regenkönig gekürt – ein nicht ganz ungefährliches Amt, wie sich herausstellt. Ein moderner Schelmenroman voll hintergründiger Komik. dtv 11223

John Steinbeck
im dtv

Früchte des Zorns
Roman
dtv 10474

Autobus auf Seitenwegen
Roman
dtv 10475

Geld bringt Geld
Roman
dtv 10505

Die wilde Flamme
Novelle
dtv 10521

Der rote Pony
und andere Erzählungen
dtv 10613

Die Straße der Ölsardinen
Roman
dtv 10625

Das Tal des Himmels
Roman
dtv 10675

Die Perle
Roman
dtv 10690

Der Mond ging unter
Roman
dtv 10702

Tagebuch eines Romans
dtv 10717

Stürmische Ernte
Roman
dtv 10734

Tortilla Flat
Roman
dtv 10764

Wonniger Donnerstag
Roman
dtv 10776

Eine Handvoll Gold
Roman
dtv 10786

Von Mäusen und Menschen
Roman
dtv 10797

Jenseits von Eden
Roman
dtv 10810

Laßt uns König spielen
Ein fabriziertes Märchen
dtv 10845

Logbuch des Lebens
Im Golf von Kalifornien
Mit einer Vita von Ed Ricketts
dtv 10865

Meine Reise mit Charley
Auf der Suche nach Amerika
dtv 10879

Der fremde Gott
Roman
dtv 10909

Die gute alte und die
bessere neue Zeit
Erzählungen
dtv 10921